Circus –

ohne Wenn und Aber.

Kurzgeschichten aus dem Circusalltag von

Michaela Kaiser

Bibliografische Information der Deutschen Nationalbibliothek:
Die Deutsche Nationalbibliothek verzeichnet diese Publikation
in der Deutschen Bibliografie, detaillierte bibliografische Daten
sind im Internet über http://dnb.dnb.de abrufbar.

Alle Rechte vorbehalten
Umschlag und Text: Michaela Kaiser

Herstellung und Verlag:
BoD-Books on Demand, Norderstedt

Circus – ohne Wenn und Aber
Erschienen 6/2014

ISBN: 978-3-7357-4287-2
€ 9,90

Es geht wieder los!

"Im Märzen der Bauer die Rösslein einspannt", so geht ein altes, deutsches Volkslied, doch nicht nur für die Landwirte beginnt mit den ersten wärmenden Sonnenstrahlen ein neues Arbeitsjahr. Das fahrende Volk, die Circusleute, monatelang im Winterquartier vergraben, packen endlich wieder ihre Sachen und begeben sich auf die Reise. Endlich, endlich, selbst wenn die Sonne noch nicht scheint, im März ist Saisonstart, und sollte auch der Winter noch nicht ganz dem Frühling gewichen sein.

In diesem Jahr scheint es ein Bilderbuchstart zu werden. Waren doch zum vergangenen Saisonbeginn noch Eis und Schnee die ständigen Begleiter, so schwingen heute zart grünende Zweige von den hohen Bäumen die den Festplatz säumen und eine leichte Brise lässt die bunten Fähnchen an den Mastenabseglungen flattern. Sogar die Sonne lugt immer öfter zwischen sich hoch auftürmenden Wolkenbergen hervor. Dazu ein Circusplatz, wie er günstiger nicht sein könnte: geräumig, mit festem Untergrund, breiten Zufahrtsstraßen und einer bequemen Anbindung an die öffentlichen Verkehrsmittel.

An der hoch aufragenden Fassade drehen die Elektriker die letzten der 4000 Glühbirnen ein. Eine Heidenarbeit, doch in der Dämmerung wird die Fassade weithin leuchten und, hoffentlich, viele Besucher zum Zelt locken. Im Büro hat man extra Personal eingestellt, denn die Drähte laufen heiß. Im Minutentakt kommen Anfragen zur Kartenreservierung, werden Vorbestellungen getätigt und ganz allgemeine Fragen beantwortet.

"Wann beginnt die Vorstellung?"
"Wie lange dauert die Veranstaltung?"
"Bekomme ich nach dem Ende noch eine Straßenbahnver-

bindung in die Innenstadt?"
"Kann ich auch mit dem Rollstuhl hinein?"
"Bekommen Gruppen eine Ermäßigung?"
"Gibt es auch eine Raubtiergruppe?"

Viele Fragen, viele Antworten, dazu müssen Futterlieferanten, Sägemehlanfuhr, Müllabfuhr organisiert werden. Ein Fahrer wird losgeschickt, um Gasflaschen für die Mannschaftsküche zu besorgen, ein Anderer muss in den Baumarkt fahren, um dringend benötigte Schrauben für das Musikerpodium einzukaufen. Der hauseigene Maler beendet gerade die letzten Pinselstriche an dem neuen Tierschauschild.

Die Sekretärin stürzt ins Direktionsbüro.

"Herr Direktor, die Truppe Hermanos hatte einen Unfall!"

"Ach du liebe Güte, wo sind sie jetzt?"

Die spanischen Trampolinartisten waren noch unterwegs und wurden dringend erwartet.

"Kurz hinter Freiburg, an der Raststätte, einer der Wohnwagen ist total hinüber, sie wissen nicht, ob sie es zur Premiere schaffen!"

"Haben Sie Verbindung dorthin?"

"Ja, sie sind im Büro der Raststätte und warten auf die Polizei, ein anderes Fahrzeug ist ihnen hinten drauf gefahren!"

"Gut, Sie rufen dort an und lassen sich die Einzelheiten geben. Dann schicken Sie Toni Schaffer mit dem Reklamebus los, der soll ihnen helfen und zusehen, dass er sie rechtzeitig herbringt!"

"Jawoll, Herr Direktor!" und eilig stürzt sie wieder hinaus.

Der Direktor wischt sich über´s Gesicht. Irgendwas ist immer, denkt er, wenn nix wär, wär es auch zu einfach.

"Hauruck, hauruck!" tönen viele Stimmen im Chor. Auf dem freien Platz vor dem Chapiteau wird gerade das Vorzelt aufgebaut. Noch fehlt die Rundleinwand, aber im Inneren wird ein fester Holzfußboden ausgelegt, die Gastronomiewagen und Stände hereingeschoben und errichtet. Ein Getränkelieferant rückt soeben seinen Lkw an die Rückseite des Vorratswagen heran, Flaschen klirren und viele Dutzend Kisten Bier und Limonade werden verstaut.

Hinter dem großen Dom des Chapiteaus erheben sich schon die rotblauen Tierzelte. In einem exakten Winkel, gerade ausgerichtet, bilden sie den rückwärtigen Abschluss des Platzes. Die letzten Tiere kommen vom Bahnhof, quirlige Zebras und hochnäsige Lamas, Dromedare mit hoch aufragenden Höckern und Watussirinder mit weit ausladenden Hörnern. Zwei lange Tage hat ihre Bahnfahrt gedauert, nun sind sie müde, hungrig und streben ihrem Stallzelt zu, wo sie ein hohes Bett aus Stroh und duftigem Heu erwartet.

Die Braunbären kamen aus Warschau, sie waren fünf Tage auf der Bahn. Ihr wohliges Brummen tönt über den Tierschauhof. Gierig schmatzen sie ihr Obst und die lange Zunge leckt auch den letzten Fetzen aus der Futterwanne. Dann drehen sie sich und lassen sich in den Strohberg fallen. Endlich ist die Fahrt vorbei und es kommt Ruhe und Frieden auf.

Aus dem Pferdestall tönt übermütiges Hengstgeschrei. Die zwölf Lipizzaner sind weit gereiste und erfahrene Circushasen, haben schon in vielen Unternehmen ihre Darbietung gezeigt. Trotzdem steckt die überschäumende Freude eines jeden Saisonstarts auch sie an und immer wieder wird eine Kabbelei mit dem Nebenmann angefangen. Unruhig fallen auch die anderen Pferde ein, selbst die behäbigen Kaltblüter der Jockeytruppe lassen einige zaghafte Töne hören, bevor sie sich wieder ihrem Heu zuwenden.

Die Windhundmeute im Nachbarzelt bellt laut und hysterisch. Die Unruhe und Nervosität hat sie besonders angesteckt. Jede Bewegung außerhalb ihres Zwingers wird hastig verbellt, unruhig rennen sie hin und her, springen übereinander und geraten sich in die Haare. Immer wieder muss der Tierpfleger eingreifen, die Hunde beruhigen und ablenken.

"Es geht wieder los, es geht wieder los!" scheinen ihre hohen Belllaute zu rufen. "Lasst uns raus, es geht wieder los!"

Mitten auf dem Tierschauhof steht der große Bassinwagen der behäbigen Nilpferddame. Das Wasser ist aufgeheizt und schickt dampfende Schwaden in die kühle Abendluft. Schwerfällig, langsam, tastet sich die tonnenschwere Dame den Laufsteg hinunter, ihr Körper tropfnass und dampfend vom gerade entstiegenen Bade. Den Transport hat sie in einem weichen Strohbett verbracht und dieses erste Bad nach der Fahrt genießt sie besonders. Nun aber ruft das leibliche Wohl, in dem großzügigen Außengehege ist ihr Futtertrog wohl gefüllt. Äpfel, Apfelsinen, ganze Salatköpfe und halbe Brotlaibe erwarten sie und mit breit gezogenen Lippen mampft sie die Köstlichkeiten in sich hinein.

Im Raubtierwagen herrscht große Aufregung. Es ist Futterzeit und die Tiere sind in einzelne Boxen abgeteilt, vor dem Gitter kommt schon der Tierpfleger mit einer Karre, hoch türmen sich die Fleischstücke darauf. Die Tiger geraten in Verzückung, fauchen und gieren nach dem Futter. Vor jedem Tier wird eine kleine Klappe geöffnet und das dazu gehörige Teil ins Innere geschoben. Hastig krallen sich breite Pfoten hinein und ziehen das Stück ganz ins Abteil. Der Nachbar brüllt.

"Ich auch, ich auch!"

Die nächste Klappe auf, das nächste Fleischstück, bis alle ihre Portion bekommen haben und nur noch vielzahniges Reißen und Kauen zu hören ist.

Aus dem Elefantenstall tönen laute Trompetenklänge. Dem gut beheizten Zelt entströmt die süßliche Wärme der sechs Elefantenleiber. Wie feuchte Tropenluft hängen die

Kondenstropfen unter dem Dach der Plastikplane. Die spitzen Rüsselfinger der grauen Riesen bohren sich in die Futtertröge und holen sich die angefeuchtete Kleie portionsweise heraus, schieben die Futterbälle in ihr weit geöffnetes Maul, senken die Rüssel für die nächste Ladung. Kein Körnchen bleibt übrig, alles wird bis zum letzten Krümel verputzt.

In den Artistenwohnwagen gehen nach und nach die Lichter an, Türen klappern und die unterschiedlichsten Wohlgerüche entströmen den Behausungen. In der Mannschaftsküche wird zum Abendbrot geläutet und zwei Arbeiter hängen das letzte Teil des Zaunes ein, rot-weiß und mannshoch, welcher das Circusareal umschließt.

Im Chapiteau gleicht die Stimmung inzwischen einem Hexenkessel. Die letzten Proben vor der morgigen Generalprobe laufen. Doch eine Linie ist nicht zu erkennen, die Vorstellung, das aus diesem Durcheinander in nur zwei Tagen eine funktionierende Show entstehen soll, scheint absurd. An zwei Trapezen hängen Artisten und schreien sich an, eigentlich rufen sie sich Kommandos zu, aber weil der Geräuschpegel insgesamt so hoch ist, müssen sie schreien, um sich verständigen zu können. Im Seiteneingang jonglieren die Jongleure ihre Bälle und Keulen, immer wieder fällt ein Teil herunter und wird mit saftigen Flüchen wieder aufgehoben. Zwei breitschultrige Männer und ein schmaler Junge schlagen indes lange Eisenanker in den harten Boden, die hellen Hammerschläge erzeugen ein schmerzhaftes Echo. Der Sprechstallmeister steht vor dem Vorhang und beginnt die Mikrofonprobe.

"Eins - zwei - drei, Mikrofonprobe, eins - zwei - drei, hört ihr mich?"

Die Clowns gehen ihre Sketche durch, ohne Kostüm und

Schminke sehen sie aus wie drei Herren mittleren Alters, die sich stumm gestikulierend gegenseitig mit Unsinnigkeiten bewerfen. Hiebe werden nur angedeutet, Stürze lediglich mental dargestellt. Lustig sieht das nicht aus, eher albern.

Auf dem Musikerpodium spielen die Musiker ihre Instrumente warm. Der Kapellmeister studiert seine Noten und bespricht die Einsätze mit der Frau vom Trapez, die mit hastig zusammengesteckten Haaren und einem viel zu großen Trainingsanzug alles andere als glamourös wirkt. Mit der Zigarette in der Hand beschreibt sie den einen oder anderen Trick und der Kapellmeister nickt. Er kennt sein Metier und weiß, worauf es ankommt.

Herr Direktor steht am Manegenrand und gibt Anweisungen.

"Der Spot muss auf den linken Clown gehen, jetzt, ja… und jetzt … aus! Nein, nein, das muss schneller sein, sofort aus, nicht erst wenn…ja, was ist denn?"

Flüsternd berichtet die Sekretärin, dass die Spanier jetzt da seien, ob er…?

"Nein, nein, sie sollen in den Behelfswohnwagen einziehen, später können sie einen schnellen Durchgang machen, Hauptsache, sie sind da! He, ihr da hinten, Ruhe jetzt!" brüllt er dann und dreht sich wieder zur Manege.

Die Sekretärin huscht hinaus, heute wird es sehr spät werden, da will sie schnell noch einiges an Papierkram erledigen. Morgen wird auch wieder ein langer und harter Tag werden.

Die Kapelle spielt verschiedene Musikstücke, aber keines passt zur Darbietung in der Manege. Gut so, bis jetzt probt jeder noch für sich.

Ein grellrotes Taxi rollt alleine in die Manege, die dazugehörigen Artisten rennen hinterher und beklagen sich, stumm und angedeutet, mit großen Gesten über ihr eigenwilliges Gefährt. Die Motorhaube schnellt nach oben und riesige Hauer kommen zum Vorschein.

Die Frau springt darauf zu und schlägt die Motorhaube wieder zu.

"Jetzt noch nicht, zu früh, zu früh!" ruft sie dem versteckten Mann zu, der im Inneren der Maschine die Effekte bedient. So ohne Publikum scheint alles lächerlich und etwas sinnlos.

Die Jongleure haben sich inzwischen warm gearbeitet und die Bälle, Keulen und Reifen fliegen ohne Abstürze zwischen ihnen hin und her. Hoch konzentriert sind die Blicke auf die wirbelnden Gerätschaften gerichtet und nur, wenn ein Wechsel ansteht, kommt ein kurzes Kommando. Immer wieder, ein scheinbar endloser Wirbel, ein unversiegbarer Springbrunnen der Gleichmäßigkeit.

"Hören Sie, die Abseglung dort muss weggebunden werden, so geht das nicht!"

"Jaja, gleich!"

"Eins - zwei - drei - Mikrofonprobe, hört ihr mich jetzt besser?"

"Nein, hier oben hört man kein Wort!"

"Kann das nicht besser eingestellt werden?"

"Entschuldigung, aber die neue Anlage…!"

"Jaja, immer die Schuld bei der Technik suchen!"

Der Einsatz eines Presslufthammers unterbindet für Minuten jegliche Konversation, auch die Jongleure halten inne, in ihrer Konzentration gestört. Dann plätschert die Hammondorgel einige Melodien und die Requisiteure, alle in ihren neuen, rot-gold betressten Uniformen, üben das Aufstellen der Tierpodeste.

Herr Direktor schnappt sich das Mikrofon.

"Herrschaften, die morgige Generalprobe findet um 13 Uhr statt, ich bitte den Programmablauf dem schwarzen Avisbrett zu entnehmen. Herr Kapellmeister steht jetzt noch für weitere

Musikproben zur Verfügung. Ich wünsche noch eine gute Nacht!"

Damit verlässt er das Chapiteau und geht entschlossenen Schrittes zum Büro. Auch für ihn ist der Tag noch nicht zu Ende.

Die scheinbar unkoordinierten Proben gehen am nächsten Morgen weiter. Als erstes ind die Exoten dran, Dromedare und Büffel, von dunkelhäutigen Männern in langen Kaftanen geführt. Die Dromedare legen sich und Zebras überspringen die Tiere. Ein Zebra bleibt mit dem Bein in einem der Dromedargeschirre hängen, wild zappelnd fällt das Tier hin und reißt das liegende Dromedar mit sich. Das Zebra hat sich schnell befreit und rennt bockend, den Kutscher umreißend, zum Sattelgang. Das Dromedar brüllt wütend, rappelt sich hoch und läuft spuckend, mit weit ausholenden, schlaksigen Sprüngen ebenfalls aus der Manege. Der Kutscher hinterher, die anderen Tiere werden unruhig, springen ebenfalls auf und stampfen, reißen an den Zügeln. Wie Puppen wirbeln die Kutscher am anderen Ende der Longe herum, nur mit Mühe können sie die Tiere halten.

Hinter dem Vorhang warten schon die weißen Hengste auf ihren Einsatz, ungeduldiges Wiehern ertönt.

"Können wir das mal mit Musik…?" möchte der Dresseur wissen. Ein Stallarbeiter kommt aufgeregt angelaufen.

"Chef, Chef, schnell. Kommen, Zebra nix gut, mit Strick…!" und weg ist er. Der Dresseur lässt einen Fluch hören, drückt seine Peitschen dem Nächstbesten in die Hand und eilt hinter dem Mann her. Im Stall hat sich das entlaufene Zebra in einem Strick verheddert und kann nur mit Mühe befreit werden. Das Tier ist verängstigt, aber unverletzt. Nun können die Freiheitspferde einen schnellen Durchgang proben, fast ist schon Mittag und um 13 Uhr muss die Manege frei sein.

Generalprobe!

Zum Start der Generalprobe finden sich alle Artisten und Angestellte im Chapiteau ein. Wer nicht dran ist, sitzt in Gruppen und Grüppchen im Gradin und wartet auf seinen Einsatz. Letzte Besprechungen finden statt. Als schon alle sitzen, kommt die spanische Familie durch den Eingang, sofort wird aufgeregtes Rufen laut, denn jeder hat von ihrem Unglück gehört. Doch Zeit zu ausführlichen Erklärungen ist später, jetzt muss die Generalprobe laufen und Konzentration ist angesagt.

"Test - Test - eins - zwei - drei, wie kommt das da oben an?"

Der Tontechniker auf seinem erhöhten Standplatz über dem Haupteingang streckt beide Daumen in die Luft.

"Alles klar, wir können anfangen! Sind die Tiere schon da?"

Der Dresseur streckt seinen Kopf zwischen dem Vorhang hervor.

"Alles da, kann losgehen!" bestätigt er.

Der Kapellmeister klopft auf sein Pult und erwartungsvolle Stille senkt sich über den Raum. Herr Direktor in der Ehrenloge, die Sekretärin sitzt mit gezücktem Bleistift neben ihm um alle Änderungswünsche sofort niederzuschreiben, nickt und wenige Sekunden später tritt die Kapelle in Aktion: Der Eröffnungsmarsch erklingt.

"Schreiben Sie: Der Marsch soll schneller gespielt werden!" flüstert der Direktor und flink fliegt der Stift über das Papier.

"Na, das kann ja heiter werden!" denkt die Sekretärin, aber stumm befolgt sie die Wünsche ihres Vorgesetzten.

Die erste Nummer: Die Exotendarbietung. Übermütig hopsend und mit weit vorgereckten Hälsen stürmen die Dromedare in die Manege.

"Wieso sind das nur drei?" ruft der Direktor ungnädig. "Vier Dromedare hatte ich gebucht!"

"Das vierte Tier hat sich gestern bei der Probe etwas verletzt, in zwei Tagen habe ich es wieder drin!" entgegnet der Dresseur.

"Na schön", brummt es aus der Loge. "Frau Leitzmann, notieren Sie…!"

"Jaja, schon geschehen!"

Nach der Exotennummer kommt eine Luftdarbietung. Nur einer der Männer trägt ein Kostüm, der andere hat einen Trainingsanzug an.

"Wo ist denn Ihr Kostüm?" ruft Herr Direktor. "Ich hatte doch ans Avis geschrieben, dass alle in Kostümen arbeiten sollen!"

"Entschuldigung, aber mein Kostüm ist eben gerissen, morgen ist es wieder heile!"

"Entschuldigungen, Entschuldigungen…Frau Leitzmann, notieren Sie!"

Aber die aufmerksame Dame hat es schon aufgeschrieben.

Nach der Trapezdarbietung, die dem Direktor zu lang ist: "Frau Leitzmann, notieren Sie!" kommen die Braunbären und hierbei gibt es gar nichts zu beanstanden. Die Nummer läuft schon fast zwei Jahrzehnte in dieser Art und ist so eingespielt, dass da aber auch gar nichts schief gehen kann. Der gesetzte Herr, der seine Bären in und auswendig kennt, versteht es, mit nur minimalen Bewegungen die Befehle zu erteilen und die gewichtigen Fellnasen gehorchen ihm aufs Wort.

Nun ist eine Illusionsnummer an der Reihe und hierbei ist der exakte Einsatz von Licht und Musik von großer Bedeutung. Mehrmals muss die Nummer unterbrochen werden, die Artisten eilen immer wieder zum Direktor, zur Musik, aber es will so recht nicht klappen.

"Herr Sauer", ruft der Direktor dazwischen,"machen Sie einfach einen Durchlauf, damit ich mir ein Bild machen kann, morgen früh können Sie dann alles noch mal mit Musik und

Licht besprechen. Also bitte!"

Die Artisten machen lange Gesichter, lassen dann die Nummer einmal durchlaufen, ohne Unterbrechung.

"Da klappt aber auch gar nix", beschwert sich die Frau.

"Wir proben morgen noch mal", beschwichtigt sie ihr Mann. "Jetzt ist erstmal gut!"

Danach tritt eine junge Artistin aus Prag in die Manege. Mit viel Charme und Können wirbelt sie Keulen und Ringe durch die Luft, dann gesellen sich ihre Kollegen dazu und zu dritt veranstalten sie ein wahres Feuerwerk aus wirbelnden Gegenständen.

Der Direktor beugt sich zu seiner Sekretärin. Die will schon wieder schreiben, aber er flüstert nur:

"Die ist aber ganz reizend, meinen Sie nicht auch, Frau Leitzmann, ganz reizend!"

Plötzlich geht das Licht aus und es ist stockdunkel im Zelt. Aus der Manege kommt ein Schmerzensschrei und Gepolter

"Welcher Idiot war das denn? Meine Herren, so geht das aber nicht…"

Das Licht geht wieder an. Die kleine Jongleuse hält sich mit schmerzverzerrtem Gesicht den Arm.

"Mist, ist darauf gefallen…"stammelt sie.

"Wieso ist das Licht ausgegangen?" will der Direktor wissen.

"Wir haben umgeschaltet und sind an den falschen Knopf gekommen. Kommt nicht wieder vor!"

"Das will ich hoffen, sonst komme ich mal bei Ihnen an den falschen Knopf!" poltert der Direktor. "Janina, haben Sie sich verletzt?" will er dann besorgt wissen.

"Nein, nein, geht schon!" versichert die Artistin und sammelt ihre Keulen wieder auf. Musik setzt ein und die Nummer läuft noch einmal durch, bis der Direktor zufrieden ist.

"Können Sie den Schlusstrick in Schwarzlicht machen?" will

er wissen. "Ich besorge morgen die Lampen und Sie können proben, ja? Gibt einen tollen Effekt, habe ich letzten Monat in Amerika gesehen! Frau Leitzmann, notieren Sie…!"

Die nächste Nummer, die nächste Nummer, immer weiter gehen die Proben. Gegen 16 Uhr ist endlich der Durchlauf der ersten Programmhälfte geschafft. Der Direktor schickt alle zum Abendbrot.

"Um 18 Uhr machen wir mit der zweiten Hälfte weiter", verkündet er. "Wir wollen schließlich vor Mitternacht fertig sein!"

Punkt 18 Uhr stehen die Requisiteure in ihren neuen Uniformen wieder bereit. Der Zentralkäfig muss für die Tigernummer aufgebaut werden. Es sind einige neue Leute dabei und die müssen das Tempo der Altgedienten erst mal mithalten können. Aufbauen, Abbauen, wieder Aufbauen. Herr Direktor hat die Zeit gestoppt.

"Das muss schneller gehen, meine Herren, wir sind doch nicht im Altersheim!" mokiert er. "Frau Leitzmann, notieren Sie…!"

Auf den Rängen, dort wo sich die Artisten aufhalten, die noch nicht dran waren oder schon fertig sind, herrscht ein reges Kommen und Gehen. Kinder müssen ins Bett gebracht, Tiere versorgt, und schnell die neuesten Fußballergebnisse erfahren werden. Doch früher oder später trudeln alle wieder ein. Auch wenn der Abend schon weit fortgeschritten ist, müssen doch alle auf das Ende der Generalprobe warten, denn zum großen Finale müssen alle antreten. Manch ein lang gezogenes Gähnen zeugt von der späten Stunde, jegliche Unterhaltung ist eingestellt worden und Langeweile ist vorrangig. Doch endlich, endlich, nimmt der Direktor das Mikrofon.

"So, alle mal bitte herhören, auch diejenigen, die sich auf den billigen Plätzen im Dunkeln verstecken", dabei schaut er zu den jungen Artisten, die sich auf die hinterste Bankreihe verzogen haben und dort irgendeine Art von Kartenspiel spielen. "Also bitte, alle Artisten in den Sattelgang zur Finaleprobe!"

Die Clowns witzeln:"Letzte Woche im Moulin Rouge hatten wir jetzt gerade den Anfang der zweiten Vorstellung, da hat aber keiner gegähnt, Haltung , meine Herrschaften, Haltung!"

Der Direktor erklärt, wie er das Finale haben möchte. Murren ertönt.

"Nicht schon wieder so´n doofes Rumgehopse!"

"Sind wir denn im Kindergarten?"

"Oh, nein, das dauert wieder!"

Das stimmte. Noch eine halbe Stunde wird für das Schlussfinale geprobt. Erst links herum, dann rechts herum, alle sollen sich an den Händen fassen und schließlich mit dem Gesicht zum Publikum eine exakte Verbeugung machen. Dann endlich ist der Direktor zufrieden und bestimmt den Schluss der Generalprobe.

Auf dem kurzen Nachhauseweg durch die Nacht fliegen noch launige Wortfetzen über das Gelände.

"Hals- und Beinbruch!"

"Toi - toi - toi!"

"Wird schon schiefgehen!"

Kaum haben die Letzten das Chapiteau verlassen, schnürt der Nachtwächter die Plane zu und löscht das Licht. Nur noch eine einzelne Nachtlampe schaukelt leise im Haupteingang. Auch die Lichterketten an den Hauptmasten verlöschen eine nach der anderen, bis nur noch das Karree zwischen den Masten sein Licht in die dunkle Nacht schickt. Der Nachtwächter nimmt seine einsame Wanderung durch die Dunkelheit auf. An der Fassade prüft er, ob die Ausgänge fest verschlossen sind, am Außenzaun richtet er ein Zaunteil, das etwas schief in der

Halterung hängt. Mit seiner starken Taschenlampe leuchtet er um die Ecken der Stallzelte, aus dem Pferdestall kommt unwirsches Brummen.

"Machs Licht aus und geh auch schlafen!"

Die Nachtwache im Inneren lacht leise und dreht sich auf seinem Feldbett um. Wohliges Schnauben kommt aus einer der Pferdeboxen, leise Kaugeräusche und unruhiges Stampfen aus einer anderen Box.

Hinter dem Elefantenstall läuft die Umluftheizung und stößt stinkende Abgase in die Nachtluft. Der Nachtwächter leuchtet auch hier, aber es ist alles ruhig. Aus den Wohnabteilen der marokkanischen Zeltarbeiter tönen morgenländische Weisen und die erst vor wenigen Tagen eingetroffenen Südländer sind noch in hitzige Diskussionen verwickelt.

Bei den Artistenwohnwagen gehen langsam die Lichter aus. Einige Bettflüchter sitzen vor einem Camping zusammen und rauchen eine letzte Zigarette, eingehüllt in dicke Jacken, denn die Nachtluft ist empfindlich kühl. Grüßend hebt der Nachtwanderer seine Hand mit der Taschenlampe und geht weiter. Am Direktionswagen liegt der Wachhund in seiner Hundehütte, tief im Stroh vergraben, nur seine Augen blitzen im Strahl der Lampe.

"Du sagst Bescheid, wenn es Ärger gibt, nicht wahr?"

Der Hund blinzelt, wedelt beruhigend mit seiner buschigen Rute. Auf den Karro kann man sich verlassen, sollte ich ein Unbefugter auf das Gelände wagen, dann wird der aufmerksame Rüde Laut geben, weit würde der Eindringling nicht kommen.

Die Wolken, die bis jetzt den Mond verdeckten, schieben sich lautlos zur Seite und geben die Sicht frei auf die sauber aufgereihten Traktoren und Zugmaschinen. Frisch lackiert und gewaschen stehen sie im vorderen Teil des Geländes, auch hier ist nichts Ungewöhnliches zu vermelden.

Eine leichte Brise weht um das Zelt und vertreibt alle Nöte, Sorgen und Ängste, einfach so, als ob eine gigantische Hand die letzten Krümel von der Tischdecke fegt. Nach dem hektischen Tag legt sich wohltuende Ruhe über das Gelände, aber morgen, morgen…geht es wieder los!!

Die reisende Tierschau, der „Rollende Zoo" war bis Ende des letzten Jahrhunderts fester Bestandteil eines fast jeden reisenden Circusunternehmens. Die Einnahmen dienten unter Anderem zur Deckung der Futterkosten; eine solche Tierschau war ein oftmals rechter Publikumsmagnet. Unter der Woche kamen ganze Schulklassen als Gäste, sie wurden mit einem besonders günstigen Eintrittspreis belohnt. Die Tierschau war am Vormittag und zu den Vorstellungspausen geöffnet, man konnte die Tiere füttern, bei den diversen Stallarbeiten zusehen und, aber dies nur an Sonntagen, auch den öffentlichen Dressurproben beiwohnen. War das Wetter freundlich und die Platzverhältnisse angenehm, dann konnten an einem guten Sonntagvormittag mehrere hunderte Besucher erwartet werden.

Sonntagmorgen in der Tierschau

Die Tierschaukasse öffnet um punkt zehn Uhr. Dann zieht Marita ihr Rollo hoch und macht es sich in der engen Kabine bequem. Warm und stickig ist es, deshalb läßt sie die Türe offen und sorgt so für ein wenig kühlenden Durchzug. Vor dem Kassenfenster wartet schon eine Mutter mit ihrem Sohn. Der Junge, vielleicht acht oder neun Jahre, er hat glattgekämmtes Haar und kurze Hosen an, hüpft aufgeregt von einem Bein auf das andere.

„Die Kasse ist auf, die Kasse ist auf, jetzt, Mama, komm, mach schon, kauf zwei Tickets!"

Seine rotfleckigen Wangen zeugen von ungeduldiger Erwartung und die Mutter lächelt nachsichtig. Flink legt sie das abgezählte Geld auf Maritas Schale und nimmt die beiden

Tickets entgegen. Der Junge läuft schon zum Eingang und starrt den Portier mit der schwerbetressten Uniform bewundernd an. Seine Mutter folgt ihm und übergibt dem Mann, einem älteren, rotgesichtigen Veteranen der Landstrasse, die Karten. Der Portier öffnet das Gitter und der Junge stürmt hindurch. Marita sieht ihn noch, wie er als erstes am Affenwagen stehen bleibt. Sie hört seine quirligen Fragen und auch die ruhigen Antworten der Mutter. Dann verschwinden sie Richtung Pferdestall.

Dort will er wissen, was die Pferde fressen dürfen. Die Mutter weiß es nicht genau.

„Frag doch den Mann da, der arbeitet hier, der kann dir das sagen!"

„Nein, Mama, ich trau mich nicht, frag du!"

„Na los, frag schon, der Mann tut dir nichts!"

Zögernd geht der Junge auf den Tierpfleger zu, stellt seine Frage und kommt mit glänzenden Wangen zur Mutter zurück. Fragend blickt sie ihn an.

„Heu und Hafer!" berichtet er mit stolzgeschwellter Brust.

Na siehst du, sagt ihr Blick und sie gehen weiter. Viele Fragen hat der Junge und die Mutter bemüht sich, sie alle zu beantworten. Er läuft voraus, bleibt hier stehen und dort, kann sich nicht sattsehen in diesem Wunderland. Seine Mutter folgt langsamer, nachsichtig lächelnd, den stolzen Blick auf ihren Sohn geheftet.

An der Absperrung bei den Windhunden steht ein Vater mit seinem Jungen. Die Meute hinter den mannshohen Gittern ist in Aufruhr, sie haben in Ferne einen anderen Hund erblickt, wie ein Tier stehen sie still und starren hinaus, dann quirlen sie durcheinander, beißen sich spielerisch und stehen wieder still. Der Mann steht wie eine Salzsäule, ohne Regung im breiten

Gesicht, starr geradeaus sehend. Der Junge, ein Ebenbild des Erwachsenen in Kleidung und Haltung, tut es ihm gleich. Sie scheinen desinteressiert, gelangweilt und man fragt sich, was sie hier wollen.

Die Schultern des Vaters sind breit und hochgezogen, abwehrend gegen jede Art von Einmischung. Plötzlich schweift der Blick des Kindes, es mochte vielleicht zehn Jahre alt sein, zum Boden und seine Augen leuchten auf. Flink will er sich bücken und den kleinen Schatz bergen, vielleicht einen Stein oder eine bunte Feder, da tönt hinter ihm die teilnahmslose Stimme der Mutter, einer kleinen Frau mit stark gewellten Haaren und einer großen Handtasche.

„Lass das liegen, Anton, man hebt nichts vom Boden auf, und hier schon garnicht..."

Die Worte lassen den Jungen in der Bewegung erstarren, langsam richtet er sich wieder auf, seine Hände verschwinden wieder in den Hosentaschen und der lebendige Blitz, der seine Augen leuchten ließ, erstirbt wieder. Der viel zu schmale Kindermund ist wieder ein Strich und man kann sich nicht vorstellen, dass er auch würde lachen können.

Ein verliebtes Pärchen schlendert eng umschlungen durch die Zuschauer, zwischen Blicken zu den Tieren küssen sie sich und flüstern sich etwas ins Ohr. Ihre Welt ist eine Insel, man sieht es ihnen an, egal wo sie sind, sie sind sich selber genug. Vor dem Raubtiergehege bleiben sie stehen und kichern aufgeregt, der gewaltige Bengaltiger hat seine Tigerin bestiegen und beißt sie zärtlich in den Nacken. Die Wangen des Mädchen glühen, aber sie kann den Blick nicht abwenden. Der junge Mann flüstert ihr etwas zu und verschämt verbirgt sie ihr Gesicht an seiner Brust. Der Tiger läßt einen lustvollen Schrei erklingen und beide schrecken auf, halten sich fester und man sieht ihnen an, dass sie jetzt nur eines wollen: Nach Hause gehen. Eilig streben sie dem Ausgang zu und verlassen das Circusgelände.

Vor dem Außengehege der Nilpferddame hat sich eine Gruppe Rentner versammelt. Aufgeregt diskutieren sie, man kann zuerst nicht verstehen, worum es geht. Das Nilpferd liegt unbeweglich in einer tiefen Matschkuhle und zwirbelt nur ab und zu mit den winzigen Öhrchen, um die Fliegen zu vertreiben.

„Ich bin doch nicht hier, um tote Tiere zu sehen!" erhebt sich dann eine Stimme.

„Das ist nicht tot, schau doch, es bewegt die Ohren!"

„Blödsinn, ich habe dafür bezahlt, ich will, dass das ganze Tier sich bewegt!" lamentiert die Stimme wieder. Sie gehört einem weißhaarigen Senior mit einem Spazierstock, auf den er sich schwer stützt. Jetzt hebt er ihn und schlägt damit an die dicken Eisenstäbe des Nilpferdgeheges. Das Tier ist unbeeindruckt.

„Wir können doch rüber zu den Tigern gehen, die sind gerade am Fressen!" will ihn ein anderer Senior beschwichtigen.

„Ich will, das dieses Tier sich bewegt!"

Wie ein trotziger Junge stampft er dabei mit einem Bein auf. Dann hebt er wieder den Stock und, begleitet von einem erschrockenen Quieken einer der Damen, piekst das schlafende Nilpferd in die weiche Flanke. Da öffnet sich ein Auge.

„Steh auf, steht auf!" beharrt der Ungeduldige, und bevor ihn jemand daran hindern kann, hat er seinen Stock mit jedem Wort in die Weichteile des Tieres gestoßen.

In einer gleitenden Bewegung, welche die Massen des Tieres Lügen straft, hat sich das Nilpferd aufgerichtet, das gewaltige Maul aufgerissen um die messerscharfen, armlangen Hauer zu präsentieren, und schiebt diese unter die obere Abgrenzung des

Geheges. Mit Leichtigkeit hebt das Tier das gesamte Gitter einen halben Meter hoch und läßt es dann mit einem Scheppern, das den Tierpfleger erschrocken aus seinem Nickerchen aufschrecken läßt, wieder zurückfallen. Dann dreht sich die Nilpferddame um, präsentiert den Störenfrieden ihr ausladendes Hinterteil und marschiert mit schwerfälligen Schritten über die Rampe ins Innere ihres Bassinwagens. Dort läßt sie sich mit einem zufriedenen Grunzen unter die Oberfläche der nußbraunen Brühe sinken.

Der Rentner, der unbedingt lebendige Tiere sehen will, steht erstarrt und schreckensbleich immer noch an derselben Stelle, während sich seine Mitstreiter in sichere Entfernung zurückgezogen haben.

„Das haste jetzt davon", tönt die Stimme des Mannes, der sich die Tiger ansehen wollte. „Haste gesehen, wie sich das Tier bewegt hat, jetzt bist du das, der wie ein Toter dasteht, haha!"

Vom Imbissstand her rollt ein Zweizentnermann, in der einen Hand eine Bratwurt, in der anderen eine Dose Bier. Wie ein Eisbrecher pflügt er durch die Menge an Tierschaubesuchern und gleich wogenden Eisschollen teilt sich die Menge vor ihm. Während er mit großen Bissen in das Wurstbrötchen beißt, taxieren seine Augen die Beine der jungen Mädchen, die vor ihm über die Wiese tänzeln. In diesem Moment bricht das Ende der langen, dünnen Wurst ab und fällt herunter. Kehrt marsch, zurück zum Imbissstand und eine neue Wust geholt. Das abgefallene Ende hat sich flink einer der Circushunde geschnappt und ist mit seiner Beute unter den nächsten Wohnwagen verschwunden.

Mit dem neuen Brötchen setzt er seinen Weg fort. Die Hitze macht ihm zu schaffen, er schwitzt und schnauft. Gewaltig quillt sein Bauch über die Äquatorlinie, der Gürtel scheint sich zu schämen, dort zu sitzen, denn er versteckt sich tief in den Massen. Einen tiefen Schluck aus der Bierdose und einen großen Bissen vom Brötchen, da taucht der Hund wieder auf, der vorhin so reiche Beute machte. Der braun-weiß gefleckte Mischling wittert weitere, kostenlose Mahlzeiten und folgt dem Fleischberg durch die Tierschau. Kauend sucht sich der seinen Weg in den Elefantenstall. Die grauen Riesen stehen dösend aneinandergelehnt und schlenkern die langen Rüssel hin und her, wittern hier und schnüffeln dort. Der Mann sieht in den Kolossen wohl verwandte Seelen, denn er bleibt lange vor der Absperrung stehen, selbstvergessen und sinnierend.

Die große Elefantin am Ende der Reihe schwingt den Rüssel in seine Richtung, das Brot witternd, fordernd, bittend. Der Mann nimmt schnell noch einen Bissen und wirft dem Tier den letzten Krümel gnädig vor die Füsse, einen Krümel, der einem Spatzen gereicht hätte. Die Elefantenkuh sucht danach mit ihrem geschickten Rüssel und nimmt es, unwillig ob der gar zu kleinen Gabe, schließlich und führt es zum Maul.

Der dicke Mann trinkt aus seiner Dose und schlendert zum Pferdestall, doch kommt er schnell wieder heraus. Die Energie und Lebendigkeit, welche die Hangste verströmen, irritieren ihn und er fühlt sich dort nicht wohl. Mit schnellen Schritten geht er hinüber zum Affenwagen, wo sich eine Schar Meerkatzen um einen Baum, der in ihrem Gehege verankert ist, jagen und dabei kreischen und lachen, wie kleine Kinder. Sie ziehen sich am Fell, springen übereinander weg und scheinen aus einer einzigen Masse an springenden, hüpfenden und rennenden Äffchen zu bestehen. Das Gesicht den Mannes verzeiht sich zu einem breiten Grinsen. Laut lacht er auf, doch die Affen sehen darin keine Freundlichkeit, erschrocken halten sie im Spiel inne und sehen zu dem großen Feind hinter dem

Gitter, der so gefährlich die Zähne bleckt. Nun lachen die anderen Tierschaubesucher auch, die Affen kommen ans Gitter und blecken die Zähne zurück, drohen und kreischen. Da kommt Bewegung in die Menge, herausfordernder wird das Lachen, Grimassen werden geschnitten und Drohgebärden gegen die kleinen Gefangenen gemacht. Die kreischen noch mehr, werfen mit Sägemehl und Obststückchen, rennen aufgeregt hin und her. Das gefällt den Zuschauern, endlich passiert hier etwas! Die Affen geraten in Wut über die großen Affen da draußen, fallen übereinander her und fix ist eine wirbelnde Beißerei im Gange. Die Menge johlt. Der Tierpfleger kommt gelaufen und schimpft, zerstreut die Besucher, unhöfliche Worte fallen gegen ihn, will er ihnen denn keinen Spaß gönnen? Unhöflicher Grobian, bei der Direktion werden sie sich beschweren, jawohl!!

Im Dämmerlicht des Pferdestalles steht ein junges Mädchen. Immer wieder streichelt sie den Hals des stolzen Andalusierhengstes, erfreut sich an seinem sanften Schnauben und ordnet mit flinken Fingern seine zerzausten Mähnenhaare. Kleine Stückchen Mohrrübe und Brot zieht sie aus den Tiefen ihrer Jackentaschen und der Hengst nimmt die Gaben vorsichtig von ihren ausgestreckten Fingern. Wie ein Bach fließen leise gemurmelte Worte von ihren Lippen, der Grauschimmel zuckt mit den Ohren und lauscht andächtig. Immer wieder kommen die Jungs vom Stall vorbei, werfen ihr lüsterne Blicke zu, manch einer kommt auch etwas näher und raunt anzügliche Bemerkungen, doch alles prallt an dem Mädchen ab. Für sie existiert nur der weiche Pferdekörper, die samtenen Haare, das suchende Maul. Sicher hat sie in ihrem Jungmädchenzimmer die Wände mit Pferdepostern statt mit Filmstars tapeziert. Mit leuchtenden Augen möchte sie den ganzen Tag verweilen, aber ach, schon gegen Mittag muss sie wieder zu Hause sein und morgen geht's in die Schule, so genießt sie den Moment, die kostbaren Minuten mit dem edlen Geschöpf.

An der Tigerabsperrung steht ein vornehmer Herr im Nadelstreifenanzug. Seine Krawatte ist akurat gebunden und die Schuhe sind auf Hochglanz gewienert. Sein Sohn, unverkennbar ist es sein Fleisch und Blut, steht auf der Absperrung, genau an der Stelle, wo ein Schild warnt: Bitte nicht auf oder über die Absperrung klettern, Lebensgefahr, Eltern haften für ihre Kinder! Keinen der Beiden stört es, ein solches Verbotsschild scheint nur für Normalsterbliche zu gelten, nicht für diese Beiden. Sein Blick schweift ins Nirgendwo und seine Ohren scheinen geschlossen zu sein, denn schon zum dritten Mal fragt der Junge:

„Papa, was ist das da in dem Wagen?"

Hinter den starken Eisenstäben schleichen die Katzen ruhelos hin und her. Einer der Tiger setzt sich demonstrativ mit dem Rücken zum Publikum und hängt seinen gestreiften Tigerschwanz ins Freie.

Der Junge fragt wieder:

„Papa, schau doch, was ist denn das?"

Endlich reagiert der Vater auf die drängenden Fragen.

„Mensch, Junge, du mit deinen ewigen Fragen. Das sieht man doch, das sind gestreifte Zebras hinter dem Gitter!"

„Papa, das glaube ich nicht, warum haben die denn einen so langen Schwanz?"

„Frag nicht so blöd, warum gehste überhaupt noch in die Schule, wenn du alles besser weißt? Los, marsch, weiter jetzt, wir müssen die anderen Viecher auch noch begucken!"

Der Vater schnippt seinen Zigarettenstummel über die

Tigerabsperrung und zieht den Jungen hinter sich her. Dessen Augen kleben noch an den gelbgestreiften „Zebras", aber er stolpert in Vaters Fussstapfen, was bleibt ihm auch anderes übrig?

Langsam leert sich das Tierschaugelände, die Mittagszeit naht, die Circusleute gönnen sich nun eine ruhige Stunde, bevor die Nachmittagsvorstellung beginnt und neue Besucherströme den Platz bevölkern.

Und eines Tages doch…

Die Mutter sitzt im Wohnwagen und horcht auf jede Musiknote, die aus dem großen Zelt zu ihr herüber klingt. Sie kann ihrer Tochter am Trapez nicht zuschauen, dafür hat sie keine Nerven, aber sie weiß um jeden Handgriff, um jeden gefährlichen Schwung, der so leicht tödlich enden kann. Seit zwei Jahren, Tag für Tag, bangt sie um ihr Kind. Und dann bricht die Musik ab und sie weiß mit entsetzlicher Gewissheit, dass ihr Albtraum Wahrheit geworden ist.

Tanja hatte schon im Alter von drei, vier und fünf Jahren mit Leidenschaft an hängenden Stricken geturnt, sie war glücklich, wenn ihre Füße den Boden verlassen konnten. Als sie etwa vier Jahre alt war, nahm die Mutter sie mit in ein Kaufhaus, mit einigen Hosen verschwand sie in der Ankleidekabine. Tanja war angehalten, auf dem Stuhl Platz zu nehmen und dort zu bleiben. Doch sie war so fasziniert von dem schweren Vorhang, der die kleine Kabine von der Außenwelt trennte, sogleich raffte sie diese zu einem Strick zusammen, hängte sich daran und sang ganz laut den Namen ihrer Lieblingsartistin, welche sie Tag für Tag in der Vorstellung bewunderte:"Mina Ree, Mina Ree, Mina Ree!" natürlich blickten alle Augen im Kaufhaus zu ihr, die da so fröhlich an dem Vorhang hin und her schwang. …….und zu ihrer Mutter, die in Unterwäsche und halb in eine Hose geschlüpft dem Treiben ihrer Tochter fassungslos folgte.

Mit sieben Jahren durfte sie in geringer Höhe eine kleine Trapeznummer zeigen, anlässlich einer Benefiz-Vorstellung, bei der nur Kinder die artistischen Parts übernahmen. Und als sie fünfzehn wurde, war ein Trapezartist im Programm, der ihr schwierige Tricks, Schwünge und gefährliche Abfaller beibrachte. Sehr zum Unmut ihres Vaters, der, obwohl in seiner Jugend selber Trapezartist, nie wollte, dass seine Tochter sich in luftige Höhen schwang. Er hatte mit ansehen müssen, als seine damalige Partnerin aus seinen Händen glitt und im Manegenrund aufschlug. Er war immer dagegen gewesen, dass seine Tochter denselben Weg einschlug, doch das Mädchen lachte über die Ängste ihrer Eltern. Mit 17 sind diese Überlegungen jenseits aller Vorstellungskraft, mit 17 fühlt man sich unsterblich und allmächtig.

"Eines Tages werdet ihr euch erinnern", sagte er. "Eines Tages wird es zu spät sein, wenn sie erst unten liegt, dann kommt nicht zum Jammern zu mir. Ihr werdet schon sehen!"

Und er distanzierte sich. Doch die Mutter war so stolz auf ihre große Tochter, so stolz, und hatte doch immer Angst um sie. Und jetzt…hatte der Vater doch recht gehabt. Eines Tages liegt sie doch unten…

Das Blut rauscht ihr in den Ohren als sie aus dem Wohnwagen eilt und zum Chapiteau hinüberrennt. Dort hat die Musik wieder eingesetzt, die nächste Nummer hat die Manege erobert, das Publikum wird beruhigt, es sei nicht so schlimm, bitte beruhigen sie sich!! Aber die Mutter weiß, dass dies Standardsprüche sind, die Show muss weitergehen, wie es wirklich um ihre Tochter steht, darüber sagen diese Worte nichts aus.

Der Vater ist nicht am Geschäft, ist zu einer Reise mit dem Direktor aufgebrochen, sie wollen erst am Abend zurück sein. In einem Zeitalter, als es noch keine Mobiltelefone gibt, ist er nicht zu erreichen, die Mutter ist froh darum, erst mal selber herausfinden, was wirklich passiert ist und wie schlimm es um Tanja steht.

Wie jeden Tag war sie in die Manege getänzelt, stolz, heute ihr neues Kostüm tragen zu können, an dem sie so lange genäht hat. Wie viele Stunden sie gesessen hatte um Hunderte von winzigen Strasssteinen auf den pinkfarbenen Untergrund zu nähen, wusste sie nicht mehr. Aber gestern Abend war es fertig geworden und sie wollte es direkt heute tragen. Der Zuschauerraum war dunkel, nur ein Scheinwerfer holte sie in die Mitte der Manege, dort hing das Seil, an dem sie bis zur Circuskuppel hochgezogen wurde, wie jeden Tag. Mit einer Hand fest in der Schlaufe trat sie ihre Schuhe fort, gab mit dem linken Arm das Kommando: "Los!" und schon entschwebte sie in luftige Höhen. Am anderen Ende des Seils standen drei Helfer, die sie mit Muskelkraft zu ihrem Trapez hoch hievten. Vorher hatte sie ihnen noch gesagt: "Heute mal ein bisschen schneller, ich schlafe ja ein bis ich oben bin, nehmt noch einen Mann dazu, wenn ihr es nicht schafft, das muss ruck-zuck gehen, nicht so lahm wie gestern!"

So standen heute statt drei Mann sieben kräftige Kerle am Seil: "Und los!" rief der erste, sie rannten rückwärts und wie ein Pfeil schoss sie nach oben. Am Trapez vorbei, die Handschlaufe mit dem eisernen Haken schlug oben am Flaschenzug an, mit einem Ruck sprang das Seil aus der Führung, Tanja bekam einen Schlag in die Schulter und ließ vor Schmerz die Schlaufe los. Sie spürte noch den eigenen Aufprall, dann wurde sie ohnmächtig.

Als die Mutter die Distanz zwischen dem Wohnwagen und dem Zelt laufend hinter sich bringt, kommen ihr schon zwei Artistenkinder entgegengerannt.

"Sie ist abgestürzt, sie ist abgestürzt!" rufen sie. Doch da ist die Mutter schon im Sattelgang angelangt. Sie haben ihr Kind auf eine Platte gelegt und mit einem Bademantel halb zugedeckt. Sie liegt auf der Seite, mit schmerzverzerrtem Gesicht, einen Arm unnatürlich abgewinkelt. Blut läuft ihr über das Gesicht, die dicken falschen Wimpern sind voller Sand und dieser vermischt sich mit dem Blut.

"Mama, es tut so weh", kommt es von ihren grell

geschminkten Lippen."Ich glaube, ich träume, was ist denn los?"

Zwei Sanitäter, junge Männer mit hochroten Gesichtern, kommen aus dem Zelteingang gelaufen, bei jeder Vorstellung sind mindestens zwei im Publikum, das ist gesetzlich so vorgeschrieben. Aber der eine scheint wohl noch nicht lange dabei zu sein, denn beim Anblick des Mädchens dreht er sich um und übergibt sich. Dann sackt er zusammen und liegt bewusstlos neben Tanja.

"Na toll", denkt die Mutter.

Der andere Sanitäter spricht schon in sein Funkgerät und bestellt einen Krankenwagen. Dann beugt er sich herunter.

" Nicht bewegen, der Krankenwagen kommt gleich!"

Etwas unbeholfen drückt er ihre gesunde Hand. Er ist wohl auch noch nicht sehr lange Rettungssanitäter.

Sie streckt die Hand nach der Mutter aus, kann sie aber nicht fassen. Die Mutter wischt ihr den Sand aus den Augen und das Blut vom Mundwinkel.

"Mama, es tut mir leid, es tut mir so leid. Mein Arm, ich kann meinen Arm nicht bewegen!"

In diesem Moment kommt der Vater um die Ecke. Er ist gerade heimgekommen und hat sofort gehört, was passiert ist. Beide Frauen sehen in seine Augen und wissen, wie sehr er leidet, erkennen seine Hilflosigkeit, seine Wut und seinen Schmerz. Er wendet sich ab und geht mit schnellen Schritten davon. In diesem Moment kommt der Krankenwagen um die Ecke und bremst in einer Staubwolke am Hintereingang des großen Zeltes. Behutsam legen sie ihre Tochter auf die Bahre, sie steigt mit ein und dann geht es mit Blaulicht und Martinshorn über die dicht befahrene Hauptstraße zum Krankenhaus.

"Ich bin hier", beruhigt sie Tanja." Ich bleibe, bis alles

geregelt ist, mach dir keine Sorgen, bleib ganz ruhig liegen, nicht bewegen, ganz ruhig liegen bleiben!"

"Ich wollte immer schon mal mit dem Rotkreuzwagen fahren!" Tanja versucht zu lächeln, doch es wird nur eine Grimasse daraus. Die Mutter erinnert sich, wie die Kleine als Kind schon jene beneidete, die mit Blaulicht fahren durften. Vorsichtig versucht sie immer wieder, den Sand und das Blut aus dem Gesicht der Tochter zu wischen. Noch bevor der Wagen das Krankenhaus erreicht, hat sie der Tochter die schwarzen Wimpern abgezogen und ein Großteil der Schminke aus dem Gesicht gewischt. Ihr Blick ist nun frei, aber die Augen gerötet von dem vielen Sand.

Im Laufschritt wird sie in den Schockraum geschoben. Die Mutter hat Mühe, Schritt zu halten, aber sie schafft es, an der Seite der Bahre zu bleiben. Während ihre Tochter hinter der Tür verschwindet, muss sie die Personalien abgeben, schildern, was passiert ist. Dann steht sie vor der Tür auf und ab, hört laute Schmerzensschreie, Schimpfworte der Tochter, dann ist Ruhe. Die Bahre kommt aus dem Zimmer und wird in die Röntgenabteilung gefahren.

"Warten Sie hier, bitte!" weist die Schwester sie an. "Wir kommen gleich wieder!"

Sie kann nur einen kurzen Blick auf ihre Tochter erhaschen, das Gesicht ist bleich und die Augen schwimmen in einem Meer von Schmerzen. Der Arm ist schon eingegipst und die Schmerzensschreie stammten vom wieder einrenken des Ellbogengelenks. Auch die Schulterbänder sind schwer gezerrt und in Mitleidenschaft gezogen. Ob Rücken oder Kopf etwas abbekommen haben, werden erst die Röntgenbilder zeigen.

Nach einer Weile, die der Mutter wie Jahre vorkommen, kommt die Bahre mit der kostbaren Fracht wieder zurück. Die Tochter weint, in ihrem Ausdruck sind aber neben Schmerz

auch eine gehörige Portion Wut zu erkennen.
"Hast du noch mehr Schmerzen, ist es schlimm?"
"Kaum zu ertragen. Aber sie haben mir beim Röntgen mein neues Kostüm aufgeschnitten, da habe ich den ganzen Winter dran genäht, das brauche ich doch noch!"
"Nein, mein Schatz, das brauchst du nicht mehr!"
"Ach, Mama, es tut mir so leid! Sag´s auch Papa, es tut mir so leid, was soll ich denn jetzt nur machen?"
Plötzlich fängt sie an zu schimpfen, auf sich und auf alles andere so wie so.
"Kann ich was gegen die Schmerzen haben?"
"Gleich", versichert ihr die Schwester. "Sobald wir im Zimmer sind."
"Mama, reib mir doch noch mal die Augen, fühlt sich an, als ob immer noch Sand drinnen ist!"
Die Röntgenaufnahmen lassen aufatmen. Außer dem Arm scheint alles in Ordnung zu sein, Knochen alle noch ganz, Rücken nicht beschädigt. Wegen der Gehirnerschütterung muss sie für eine Nacht auf der Intensiv bleiben, verläuft sonst alles unauffällig, dann kann sie nach fünf Tagen wieder heim. Innere Verletzungen sind auch nicht wahrscheinlich. Sie hat Glück gehabt, sehr viel Glück, aus der Höhe zu fallen, was hätte da nicht noch viel Schlimmeres passieren können. Gut, dass soviel Sand und Sägemehl am Boden lag.
Sie macht sich immer wieder Vorwürfe.
"Es tut mir so leid, ich hab solche Schmerzen, ach, was wird jetzt nur?"
"Kind, beruhige dich doch, jetzt werde erstmal wieder gesund, du kannst laufen, sonst ist nichts kaputt, es ist passiert, aber versprich mir, dass du nicht mehr hoch gehst, versprich es mir!"
Sie weiß, dass es unfair ist, der Tochter in dieser Lage ein

solches Versprechen abzuringen, aber sie braucht das, ihr Mutterherz könnte einen solchen Schock nicht noch einmal ertragen. Und der Vater, ach, ihm muss man dieses Versprechen auch mitteilen, da wird er sich vielleicht etwas beruhigen!

"Wenn du es willst!"

"Ja, das will ich. Auch für Papa, er hat so schreckliche Angst um dich!"

"O Gott, Papa, sag ihm, wie leid mir das tut, er wird böse sein, warum musste mir das passieren? Wie kam das bloß? Ich kann mich an nichts erinnern, war es meine Schuld?"

Die Schwester kommt wieder.

"So, jetzt geht´s auf die Intensiv. Hier, ziehen Sie das über, dann können Sie auch mitkommen!"

Sie reicht der Mutter einen Mantel und Papierschuhe. Im Bett und zwischen den vielen Apparaten sieht ihre Tochter noch viel zerbrechlicher und kleiner aus. Sie bittet um eine Fettcreme, dann säubert sie ihr das Gesicht, auch die letzten Reste der Schminke bleiben auf den Papiertüchern zurück. Dankbar, dass sie diesen Dienst einer Lebenden angedeihen lassen kann. Noch ein wenig über die sandigen Augen reiben, ein liebevoller Druck der fast unverletzten Hand. Diese ist zwar nicht gebrochen, aber schwer gestaucht und schwillt schon blaurot an. Die Schwester kommt wieder mit einer Spritze gegen die Schmerzen. Kurz darauf fallen dem Mädchen die Augen zu und sie schläft ein.

"Tschüss meine Große, ich bin morgen früh wieder da!" aber ihre Worte verhallen ungehört. Draußen wacht die Krankenschwester über ihr Kind und die anderen Patienten auf der Intensivstation.

"Wie ist denn das passiert?" möchte sie wissen.

Die Mutter erzählt in kurzen Worten, sie möchte nichts mehr als nach Hause, die anderen Kinder warten auf eine Erklärung, der kleine Sohn, erst 8 Jahre, wird ungeduldig und noch wach sein, möchte wissen wie es seiner großen Schwester geht.

"Was!" ungläubig schaut die Krankenschwester. "Ich dachte, da kann man gar nicht runterfallen!"

Die Mutter lächelt bitter vor sich hin, zuckt mit den Schultern:

"Offensichtlich doch!"verabschiedet sich dann. Im Arm den Bademantel und das zerschnittene Flitterkostüm, die schwarzen, sand- und blutverkrusteten Wimpern vorsichtig in der Hand haltend, tritt sie den Heimweg an. Im Herzen immer noch den Nachklang der Stimme ihrer Tochter: "Es tut mir so leid!"

Helmut der Fahrzeugmeister

Es gibt schon interessante Menschen im Circus. Wer im Circus "gestrandet" ist, hat oftmals die abenteuerlichsten Hintergründe, nur in den wenigsten Fällen sind es gescheiterte Existenzen, die die Welt der Fahrenden als letzte Zuflucht aufsuchen.

Von studierten Pädagogen über entlaufene Klosterschülerinnen gibt es im Circus wohl die breiteste Palette an unterschiedlichsten Charakteren.

So wie Helmut. Als ich vor 20 Jahren meine bescheidene Circuskarriere begann, traf ich ihn schon einmal. Das war 1958, ich arbeitete im Pferdestall als Kutscher und er war Kraftfahrer. Als ich ihn vor wenigen Tagen hier im holländischen Circus wiedertraf, sah er nicht anders aus als damals, denn außer seinen wasserblauen Augen war alles an ihm dieselgrau. Die schweren Hände hatten Schmierölflecken und schwarze Nagelränder, sein Käppi auf dem spärlichen Rest Haare war ebenfalls mit Öl und Farbe beschmutzt. Er hatte ein begnadetes Händchen für alle Arten von Reparaturen an den schweren Zugmaschinen und den, manchmal schon recht altersschwachen, Anhängern. Aber, und das war wohl das Wichtigste, er war Fahrzeugmeister und Mechaniker mit Haut und Haaren, versessen bis zur Manie von den Maschinen, kannte jede Schraube und jedes Blech an seinen Fahrzeugen.

Das war schon damals so und hatte sich bis heute nicht geändert. Ich erinnere mich, wie er vor 20 Jahren einmal aus zwei Wracks eine fahrbaren Untersatz gebaut hat, damals, als es noch keinen TÜV und wenig Polizeikontrollen diesbezüglich gab. TÜV-tauglich war das Auto wahrlich nicht, aber es fuhr!

Als wir neulich ins Gespräch kommen, frage ich ihn, warum

er denn nicht in einer Autowerkstatt arbeiten würde, denn dort gibt es doch sicherlich mehr Lohn und außerdem hätte er geregelte Arbeitszeiten.

Seine Antwort kommt leidenschaftlich und wie aus der Pistole geschossen:

"Ich muss frei sein, jederzeit so frei, wie es mir passt. Ich brauche nicht viel Geld, aber frei muss ich sein, mein eigener Herr und auf nichts und niemanden angewiesen!"

"Ja, und wie bist du dann zum Circus gekommen?"

"Ach, damals, als ich noch ein kleiner Pimpf war, drüben im Mecklenburgischen, da hatte ein Circus ganz in der Nähe sein Winterquartier. In jedem Frühjahr, wenn die Saison wieder losging, dann war unser kleines Städtchen das Erste, das bespielt wurde. Ich freute mich jedes Jahr aufs Neue darauf, hielt gespannt Ausschau nach den ersten Reklametafeln. Wenn es dann soweit war, dann war ich nicht mehr zu halten. Beim Aufbau, da half ich immer mit, schwänzte sogar die Schule dafür. Wenn die bunte Gesellschaft dann weiterzog, fuhr ich so weit es ging mit dem Fahrrad hinterher, half beim Aufbau und durfte dafür die Vorstellung besuchen. Einmal, ich erinnere mich noch sehr gut daran, kam ich erst spät in der Nacht zurück, denn mein Fahrrad hatte einen Platten und ich musste es über 20 Kilometer schieben. Uiii, das gab eine Tracht Prügel, das kann ich dir sagen!"

"Und dann warst du geheilt und bist nicht mehr hinterher gefahren?"

"Von wegen! Am nächsten Tag konnte ich nicht, musste ja mein Rad reparieren und die Sitzfläche tat immer noch ganz schön weh, aber dann ging es wieder und ich nahm meine Fahrten wieder auf. Irgendwann war der Circus dann zu weit weg und ich musste warten, bis es wieder Herbst wurde und er ins Winterquartier zurückkam. Einer der Söhne, Erwin, war etwa in meinem Alter, wir gingen den Winter über zusammen in die Schule. Stell dir vor, letztes Jahr hab ich ihn wiedergetroffen, da war er hier im Programm! Hab ihn erst nicht wiedererkannt, sind ja immerhin über 40 Jahre vergangen, aber als ich seinen Namen hörte bin ich hin und hab nachgefragt, und tatsächlich, es war mein Schulfreund Erwin. Wir haben manchen Steinhäger zusammen getrunken, auf dieser Saison, Wiedersehen muss man doch feiern, oder?"

"Klar doch, also hast du dich schon als Kind mit dem Circusvirus angesteckt, und wo hast du dann angefangen?"

"Ich bin nach der Schule, als mein Vater mich in die Lehre stecken wollte, ausgebüxt, und zum Circus Aeros, drüben im Osten, gekommen. Da hab ich halt gesagt, dass ich älter bin und sie haben mich behalten, war ja kurz nach dem Krieg, da waren Papiere und so'n Kram nicht so wichtig. Erst hab ich bei der Reklamekolonne mitgemacht, Plakate kleben und aufhängen und so. Später hab ich dann meinen Führerschein gemacht und bin als Kraftfahrer dabei geblieben, damals mussten alle ihre Fahrzeuge selber reparieren, da hab ich dann gemerkt, dass ich das ganz gut kann und sie haben mich zum Chefmechaniker befördert. Ich bin gerne dort gewesen, aber dann ist der Chef bei dem Unfall gestorben, weißt du noch, bei dem Film damals, den sie bei uns gedreht haben? Dann haben die Kinder das Geschäft übernommen und es hat mir nicht mehr gefallen, bin dann rüber in den Westen."

"Damals war die Grenze ja noch offen, die Mauer noch nicht so abgeriegelt wie später!"

"Ja, wir konnten eigentlich einfach rüberspazieren, ein paar Kumpels und ich, hab dann Arbeit bei einem Privaten gekriegt, einem Fuhrunternehmer, ein Freund und ich, haben hauptsächlich Nachtfahrten gemacht, das wurde ganz gut bezahlt. Aber wie es der Teufel wollte stand da doch ein Circus, als ich morgens von einer Tour zurückkam. Ich bin schnurstracks rüber und hab mich als Mechaniker und Kraftfahrer beworben. Meinen Kumpel habe ich gebeten, mir meine Papiere nachzuschicken, der ist bei der Spedition geblieben, aber ich musste wieder zum Circus. Wen treffe ich als erstes? Den Betriebsleiter von Aeros, der ist auch rüber in den Westen und war jetzt hier. Ich weiß nicht mehr, wie der Circus hieß, war ein kleines Unternehmen und ich blieb nur ein halbes Jahr, weil der nämlich zumachte, pleite!"

"O je, dann warst du wieder auf der Straße?"

"Nee, gab ja noch andere Unternehmen, mit noch zwei anderen Fahrern sind wir zum Circus Belli, der fuhr im selben Jahr noch in die Türkei und wir mit. Leider ging der da auch wieder Pleite und ich bin mit einem Speditionsfahrer zurück nach Deutschland gekommen!"

"Wieder privat?"

"Ja, erst mal war ich dann wieder ein paar Monate als Fahrer bei der Spedition, ich wagte gar nicht, irgendjemandem zu erzählen, wo ich schon überall war, weil die Unternehmen alle pleite gingen. Ich lernte da ein Mädel kennen, war ein ganz nettes Ding, aber sie wollte mich festhalten, das konnte ich gar nicht vertragen. Ich schnürte über Nacht mein Bündel und zog weiter, nach Brüggen, da stand der Circus Hagenbeck. Ich war fast eine Woche unterwegs, zu Fuß natürlich, hatte ja kein Pfennig Geld mehr, das hatte ich der Karin da gelassen. Geschlafen hab ich im Freien, war ja Sommer, zu essen fand auch immer irgendetwas, war eine schöne Woche, daran erinnere ich mich gerne!"

"Und dann bist du bei Hagenbeck geblieben?"

"Nee, leider ging es da nicht gut, ich verstand mich nicht mit dem Stallmeister und war doch eingestellt worden, für das Futter der Tiere zu sorgen, einkaufen und das Heu und Stroh heranfahren. Gegen die Arbeit hatte ich nix, aber die Streitereien, die konnte ich nicht ab. Ich glaube, der hieß Wolfgang, oder Jürgen? Na, egal, jedenfalls konnte ich dem nix recht machen, einmal war das Heu zu staubig, der Hafer zu grob oder die Kleie zu fein. Irgendwas war immer, da bin ich dann weiter zu Klant. Da konnte ich denselben Job machen, aber nicht im Circus, sondern im Zoo. Das war mir dann doch wieder zu privat, ich wollte ja auf der Reise sein. Ja, und dann starb der Zeltmeister von Roland, ganz plötzlich, erinnerst du dich?"

"O ja, so ein junger und patenter Kerl, hatte nix und fiel einfach um, mitten beim Aufbau, war in Pforzheim, glaube ich, oder da in der Nähe. Schlimme Sache, hat uns alle geschockt!"

"So war es, und ich bekam das Angebot, seine Arbeit zu übernehmen, das war in der Saison, als wir uns getroffen haben, da war ich das ganze Jahr als Zeltmeister und später dann wieder als Mechaniker!"

"Und im nächsten Jahr warst du wieder weg!"

"Ich bin nach Saisonende wieder nach Holland, zu Boltini. Da bin ich 16 Jahre geblieben, der ging aber nicht pleite, hat zugemacht, weil der Alte keinen Nachfolger hatte. Danach hatte ich irgendwie die Schnauze voll von Circus, hab mir mit einem Kumpel einen Bauernhof gepachtet. Den haben wir renoviert und wollten daraus so eine Art Kleintierzoo machen. Geflügel hatten wir schon, einige Gänse, einen Esel, Kaninchen und eine Menge Kleinvieh. War doch ne schöne Zeit, aber mir dann doch zu ruhig, viel zu ruhig. Ich hielt wieder Ausschau nach rollenden Rädern. Ich konnte eben nicht ohne. Mein Kumpel ist da geblieben, der Albert, hat jetzt einen richtigen kleinen Zoo und verdient seinen Unterhalt damit. Ich musste aber wieder los, so bin ich hierher gekommen, hab meine Arbeit, meinen Camping, keiner redet mir rein, was will ich mehr? Und jetzt hab ich ja auch noch meine Alwine, bin doch ein ganz zufriedener Mensch!"

"Wo ist sie eigentlich, deine Alwine, die ist doch sonst immer in deiner Nähe?"

"Ach, die olle Gans schläft noch, an Aufbautagen bleibt sie meistens länger im Bett, sie kann während der nächtlichen Fahrt nicht so gut schlafen!"

"Ganz schön faul!"

"Jaja, Gans müsste man sein!"

Denn seine Alwine war tatsächlich eine Gans, eigentlich hatte er zwei davon gehabt. Die sollten vor einigen Jahren, als Helmut sie bekam, in den Kochtopf wandern. Ein Artist konnte sie nicht mit ins Ausland nehmen und schenkte sie Helmut. Der freute sich auf einen saftigen Weihnachtsbraten, als er jedoch die beiden Gänse übernahm und sie ihn sogleich als Ersatzvater adoptierten, entwickelte er plötzlich väterliche Gefühle und ließ sie am Leben.

"Wo ist eigentlich die Raissa, die zweite Gans?"

"Die ist letzten Winter gestorben, da war ich unterwegs und wurde von der Polizei angehalten, weil die Tür von meinem Wohnwagen offenstand, während der Fahrt. Ich schau rein, da stand nur noch die Alwine und schnatterte ganz traurig, die andere Gans war wohl aus der offenen Tür gefallen, ich bin noch zurückgelaufen, aber da war schon ein anderes Auto drüber gefahren und sie war tot. Hab sie dann in der nächsten Gastspielstadt begraben!"

"Warum hast du der Alwine keine neue Gefährtin gekauft?"

"Ach nee, die ist auch so glücklich, nur mit mir!"

Am Nachmittag sehe ich dann Alwine, die, ausgeschlafen und offensichtlich bester Laune, hinter Helmut her watschelt. Wie ein Hund begleitet sie ihn auf all seinen Wegen, setzt sich gemütlich neben ihn, wenn er seine Fahrzeuge repariert, einen

Ölwechsel vornimmt oder einen defekten Reifen austauscht. Wenn Helmut sich unter die Maschinen legt, dann versucht auch Alwine darunter zu kriechen, denn sie will wohl sehen, was er dort macht. Dabei holt sie sich dieselben dieselgrauen Flecken, mit denen auch Helmut behaftet ist. Nachts liegt sie in ihrer geräumigen Kiste neben seinem Bett und wacht über seinen Schlaf. Wenn ein See in Platznähe ist, dann versucht Helmut manchmal, sie dorthin zu geleiten, aber vom Wasser hält Alwine nicht viel. Viel lieber stolziert sie auf dem Circusplatz umher, inspiziert die Campingwagen, vielleicht fällt doch die eine oder andere Leckerei für sie ab? Mittags findet sie sich an der Betriebsküche ein und wartet auf ihre Portion, die Helmut ihr auf einem extra Teller neben seinen Stuhl stellt.

Mit Hunden hat sie ihre Probleme, diese haben zwar gehörigen Respekt vor der wütenden Gans, versuchen aber immer wieder, sie zu ärgern. Dann wird Alwine fuchsteufelswild, rast wild schnatternd auf die Störenfriede zu und vertreibt sie mit weit ausgebreiteten Flügeln und lautem Fauchen. Auch Tierschaubesucher, die ihrem fordernden Drängen nach einem Stück Brot nicht nachkommen, werden dann schon mal ins Bein gezwickt. Aber Alwine kann sich auch ganz gesittet mit jedem, der darauf Wert legt, unterhalten und man konnte gewiss sein, dass sie sich am Ende mit höflichem Geschnatter für die Unterhaltung bedankt.

Alwine und Helmut sind ein unzertrennliches Duo. Fährt der Circus tagsüber in eine andere Stadt, dann sitzt sie, stolz wie Oskar, auf dem Beifahrersitz und reckt den Hals, um auch ja nichts zu verpassen. Fährt man nachts, dann bleibt sie im Wohnwagen in ihrer Kiste und streckt den Kopf unter den Flügel. Ich beobachte die Beiden noch oft in diesem Jahr und bin immer wieder aufs Neue berührt von der

Selbstverständlichkeit, mit der dieser alte Haudegen und die schnatternde Gans miteinander umgehen. Fast schon wie ein altes Ehepaar. Sind sie ja auch. Irgendwie.

Hallo Janosch!!

Heiß ist es an diesem Augusttag, mehr als dreißig Grad im Schatten. Seit den frühen Morgen regt sich kein Lüftchen, alle Wohnwagentüren sind weit geöffnet, die Planen der Stallzelte hochgebunden, die Kinder planschen in aufblasbaren Becken zwischen den Campingreihen. Der Circusplatz liegt eingezwängt zwischen hohen Wohnblocks und die brennende Sonne reflektiert von dem grauen Asphalt.

Aus dem großen Chapiteau tönt schon die Einlassmusik, hastig werden die Kostüme übergeworfen. Fast augenblicklich verdoppelt sich die Schweißproduktion, heute wird die Arbeit kein Vergnügen sein. Zu der Hitze kommen die Scheinwerfer in der Manege, da wird es nochmal so heiß sein. Im Zelt drängen sich trotz der hochsommerlichen Temperaturen die Zuschauer, nicht ganz voll besetzt sind die Ränge, aber immerhin. Die vielen schwitzenden Menschenleiber verdichten die stickige Luft im Chapiteau, obwohl die Ausgangsschächte an den Hauptmasten nach oben hin geöffnet sind, kann die dicke Luft nicht schnell genug entweichen. Trotzdem...das Publikum hat gezahlt und die Artisten werden auch heute ihr Bestes geben.

Anni steht schon hinter dem Vorhang und wartet auf das Ende der Raubtiernummer. Gleich wird sie ihre Trapezdarbietung unter der Circuskuppel zeigen, während unter ihr der Zentralkäfig abgebaut wird. Dort oben ist die Luft besonders stickig, wie unter einer heißen Glocke sammeln sich die schlechten Luftpartikel unter der Kuppel, werden von der Sonne durch die dünne Leinwand noch weiter angeheizt. Während sie auf ihren Auftritt wartet, schweifen ihre Gedanken ab.

„Wenn doch wenigstens ein kleines Lüftchen gehen würde … nachher geh ich gleich nach vorne und hol mir ein großes

Eis...wenn dann noch was da ist...bei dem Wetter macht die Gastronomie einen Riesenumsatz, Eis, Cola, Wasser.. na, Würstchen werden sie heute wohl nicht verkaufen...morgen muss ich die neuen Stricke für mein Trapez abholen...sind ja gestern schon per Nachnahme angekommen, blöd, dass ich nicht genug Bargeld da hatte..."

Die Raubtiernummer ist zu Ende und die Tiere jagen durch den engen Gittertunnel zu ihren Käfigwagen. Bevor Annis Nummer anfängt hat der kleine Janosch, der Reprisenclown, noch einen Auftritt. In einem Löwenkostüm parodiert er die vorangegangene Darbietung. Anni muss schmunzeln:

„Der Janosch wird in seinem Fellkostüm wohl noch mehr schwitzen als ich", denkt sie. Da spürt sie eine Bewegung an ihrem nackten Bein und eine sandfarbene Gestalt drängt sich an ihr vorbei. Anni streift gedankenverloren mit der Hand über den Löwenkopf und sagt:

„Hallo Janosch, bist schon arg am schwitzen da drinnen?"

Janosch antwortet nicht. Jetzt ist Anni dran, ihre Musik beginnt und sie tritt durch den Vorhang. In diesem Augenblick kommt ihr der kleine Janosch in seinem Löwenkostüm aus der Manege entgegen. Hinter ihr zischt der Sprechstallmeister:

„Anni, mach schon, keine Panik, wir haben alles im Griff, sie haben den Löwen schon! Mach weiter, damit das Publikum nichts merkt!"

Mit offenem Mund starrt Anni den kleinen Janosch an. Der wackelt mit seinem Löwenkopf und gibt ihr spielerisch einen Hieb mit der Pranke. Dabei faucht er und Anni sollte jetzt, wie jeden Tag, Angst heucheln und sich zu ihrem Trapez flüchten um dann schnell in die Circuskuppel hochgezogen zu werden. Doch Anni kann nicht mehr denken, wenn der Janosch hier ist, wen hat sie dann da draußen auf den Kopf getätschelt, einen seltsam warmen und weichen Kopf, jetzt so, im Nachhinein betrachtet?

Sie schaut zurück und erhascht einen kurzen Blick durch den nicht ganz geschlossenen Vorhang. Auf dem Tierschauhof, in der grellen Mittagssonne, brennt sich ein Bild in ihre Netzhaut. Einige Männer mit großen Käfigteilen, andere die panisch davonrennen, Joschi der Raubtierdompteur, der in seinem Safarikostüm auf die Männer mit den Käfigteilen zurennt und mitten in diesem Szenario die Löwin, die tief geduckt, mit der Schwanzquaste hektisch schlagend, sich in einer Ecke zwischen zwei Stallzelten umzingelt, ängstlich umsieht. Dann schließt sich der Vorhang ganz und Anni blickt wieder nach vorne.

„Mach schon, mach weiter, Anni, los, los, los!"

Wie in Trance schreitet Anni nach vorne, greift die Trapezstange mit beiden Händen und wird in die Kuppel hochgezogen. Sie sieht heute kein Publikum, durchlebt ihre Arbeit wie im Traum, lächelt mechanisch und hat nur einen Gedanken:

„Der Kopf vom Janosch, der war so warm...so...lebendig...!"

Kaum ist sie wieder hinter dem Vorhang, stürzt Sergio, der Jongleur, auf sie zu.

„Mensch, Anni, das hast du ja gar nicht mitgekriegt, eben, als du in der Manege warst...da ist ein Löwe..."

„Ich hab das mitgekriegt, glaub mir!"

Und sie erzählt ihm von dem warmen, viel zu lebendigen „Janosch im Löwenkostüm".

„Das ist jetzt nicht dein Ernst!"

„Doch, und ich sag noch zu ihm: Hallo Janosch, bist du schon arg am schwitzen da drin? Und wundere mich, dass er nicht antwortet!"

Sergio starrt sie mit ungläubigen Augen an. Doch Anni ist keine Person, die nur mal so Geschichten erfindet und er glaubt ihr schließlich doch. Schnell werden Kollegen herbeigerufen und Anni muss ihr Erlebnis noch mehrere Male erzählen. Letztendlich kann auch sie über den Vorfall schmunzeln, aber den Janosch in seinem Löwenkostüm, den hat sie sich künftig immer zweimal angeschaut, bevor er seine Streicheleinheit bekam.

Einlass

Schon hat sich vor der hellerleuchteten Fassade eine Menschenmenge angesammelt, von einem Bein aufs andere tretend erwarten alle ungeduldig das Zauberwort, das "Sesam öffne Dich": "EINLASS!" Ein Ruf der sich fortpflanzt, das Personal aufmerksam und freundlich lächelnd zum Haupteingang sehen lässt und dann öffnen sich die Gittertüren und die Menge beginnt zu strömen. Die Schleuse hat sich geöffnet und es gibt kein Halten mehr. Allen voran stürmen die Kinder, aufgeregt schnatternd, lachend, rufend, die Eltern und Großeltern im Laufschritt hinterher.

Die Menschentraube beginnt, nun etwas ruhiger, sich durch das schmale Einlasstor zu winden, wie Sand durch eine Sanduhr strömt sie vorwärts, erwartungsvoll, freudig erregt, um hinter dem engen Tor auszuschwärmen und zum Spielzelt zu streben. Alle haben es eilig, obwohl es noch fast eine Stunde Zeit bis zum Beginn der Vorstellung ist. Väter mit ihren Söhnen an der Hand, die Kleinen müssen zwei Schritte tun, wo der Vater mit einem meterlangen Schritt die vorderen Plätze erreichen will, junge Mädchen mit ihren Freundinnen, die verhalten kichernd vorwärts stürmen, Mütter mit Kleinkindern auf dem Arm. Eine bunte Menge, Mäntel flattern, weiße und schwarze Jacken, Schals, Hüte, Mützen, eine einzige wogende Menge, die da ins Zelt strömt.

Das erste Zelt, das Vorzelt, beherbergt diverse Verkaufsstände und den Restaurationswagen mit allerlei Getränken, Süßigkeiten und Souvenirs. Popcorn wird am anderen Ende des Zeltes frisch hergestellt, die Maiskörner knallen und verbreiten einen betäubend süßen und verlockenden Geruch, Bratwurstduft hängt in der Luft und Eisverkäufer rufen das Publikum zum Kauf der leckeren Nascherei auf. Mit der

Menge, die in das Vorzelt brandet, kommen Stimmen, Ausrufe, Gemurmel und fast augenblicklich ist die Luft erfüllt von Unruhe und betriebsamer Hektik.

"He, warte doch!"
"Mama, gehen wir in die Tierschau?"
"Programmhefte hier bitte!"
"Eiscreme, Eiscreme!"
"Popcorn!"
"Eine Cola, bitte!"
"Was kostet das Heft?"

Die Rufe der Verkäufer mischen sich mit dem aufgeregten Stimmengewirr der Besucher. Eine schmissige Musik über allem, kaum hörbar zwischen den lauten Rufen, weist den Weg weiter ins Hauptzelt. Immer wieder laufen Kinder hierhin und dorthin, rufen Mütter ihre aufgeregten Sprösslinge. Großväter mit Enkeln, eine Frau mit einem Kinderwagen.

"Kann ich den bitte hier abstellen?"
"Zuckerwatte, hier gibt es Zuckerwatte! Ja, bitte, zweimal Zuckerwatte das macht…!"

Pelzmäntel, Hüte, hohe Absätze, flache Sportschuhe, Husten, Lachen, Kaugummi kauen. Ein älteres Ehepaar hat sich unter gehakt und geht bedächtigen Schrittes durch die wogenden Körper, gelassen Schritt vor Schritt. Sie haben Zeit, ihnen läuft nichts mehr davon, sie lassen sich nicht stören durch die vielen, rennenden Füße um sie herum. Wogende Haare, lange Locken, rot leuchtende Eintrittskarten, glänzende Brillen, lange Schals, Tanten, Nichten und Neffen, Taschentücher, Bonbonpapier.

"Mama, ich möchte ein Eis!"
"Weitergehen, bitte weitergehen!"
"3. Platz, weiter zum nächsten Eingang!"
"Popcorn, Popcorn hier bitte!"

Kinder, immer wieder Kinder, große, kleine, schlanke, wohlbeleibte, lachende, mit Pudelmützen und leuchtenden Augen. Atem, der gleich Wortfetzen in der Herbstluft hängt, Spannung, Erwartung. Gehbehinderte mit weit voraus geworfenem Blick. Zwei Rollstuhlfahrer, die sich hintereinander durch die Menge drängen.

"Ach, guten Tag, Herr Bürgermeister, darf ich vorstellen: Frau Direktor, Herr Direktor…!"

Händeschütteln, Zahnpastalächeln, ein schreiendes Baby, Ledertaschen, Ledermäntel, Pelzkragen.

"Vorsicht, hier ist ein Seil gespannt!"

"Ein Mineralwasser, bitte!"

"Möchten Sie ein Programmheft?"

"Was kostet das, bitte?"

"Vier Mark, danke schön!"

Die Musiker beginnen, ihre Instrumente warm zu spielen. Erst das leise Lachen einer Klarinette, der dumpfe Ton einer Bassgeige, der hohe klare Klang einer Trompete. Nun setzt eine weitere Woge ein, die in das große Zelt strebt, Wortfetzen, kreischende Kinder, frohe Entdeckungsrufe.

"Mama, schau doch, der kleine Mann!"

"Wo ist denn mein Portemonnaie?"

"Ich nehme noch einen Kaffee bitte!"

"Komm, Mama, wir gehen rein, komm doch, schnell, schau alle gehen schon!"

Vor der Theke des Restaurationswagens haben sich Menschentrauben gebildet, auch beim Popcorn bricht Hektik aus. Alle wollen schnell noch ein Getränk, einen Kaffee zum Mitnehmen oder eine Tüte Popcorn ergattern. Indes strömen immer mehr Menschen durch das Eingangsportal und der Eingang zum großen Zelt verschlingt den Kopf der Menschenschlange. Auch im Vorzelt wächst die Spannung, je näher der Uhrzeiger der vollen Stunde rückt, dem Vorstellungsbeginn nahe kommt. Hastige Schritte auf den Metalltreppen, aufwärts und abwärts, nehmen kein Ende. Schnell noch mal auf die Toilette oder doch noch eine Bratwurst kaufen?

Im Zelt füllen sich die Reihen. Schulter an Schulter sitzen sie, Platzanweiserinnen bieten Programmhefte an, marokkanisches Personal in roten Uniformen kontrollieren die Karten und schlichten Streitereien, wenn Plätze vertauscht wurden oder falsch besetzt sind.

Hoch über dem roten Ring mit dem hell leuchtenden Sägemehl schaukeln leicht zwei Trapeze, es scheint, als ob sie sich unterhalten. Die alles verzaubernde Bühne des Circus, das Manegenrund, liegt im Scheinwerferlicht, der hölzerne Rand weiß gestrichen und obendrauf mit rotem Plüsch bezogen. Ein dickes Seil wächst hoch in die Circuskuppel. Es riecht nach Schweiß, den Ausdünstungen der Tiere, nach Sägemehl und Popcorn. Getränkedosen fallen klappernd unter die Sitzreihen.

In der Manege wird ein gelber Teppich in Form eines Sterns ausgebreitet. Die schwachen Lichter, die in den Zuschauerraum leuchteten, verlöschen. Augenblicklich schwillt das Gemurmel an und verstummt dann ganz. Der Kapellmeister erhebt sich und deutet mit seinem Taktstock auf die Musiker. Ein greller Scheinwerfer hält seinen spitzen, stechenden Finger auf den rot goldenen Vorhang, der sich fast unmerklich bewegt. 2500 Augenpaare schauen gebannt auf den Manegeneingang. Der Kapellmeister bewegt seinen Taktstock und ein Tusch ertönt. Sechs livrierte Requisiteure bilden eine Gasse vor dem Vorhang, dadurch schreitet der Sprechstallmeister im weißen Frack, in der einen Hand das Mikrofon, in der anderen seinen Zylinder.

Lächelnd tritt er in die Manege, hebt seine Hand und deutet

mit dem Zylinder auf die Musikkapelle, dann auf das erwartungsvolle Publikum: "Meine sehr verehrten Damen und Herren, liebes Publikum......................das Spiel beginnt!"

Ein Morgen in der Manege

An fast jedem Morgen gehört das Manegenrund den Probenden, jeder hat seine Zeit, seine Stunden. Die müssen eingehalten werden, sonst gibt's Ärger. Die Probenzeit ist nur knapp bemessen und kostbar, selten verzichtet einer darauf.

Die Ersten an jedem Morgen sind die Elefanten, schon um sieben Uhr trotten sie aus ihrem Stall, einer hinter dem anderen, jeder mit seinem Rüssel den Schwanz des Vorderelefanten haltend. Erst einmal werden etliche Runden in der halbdunklen Manege gedreht, nur eine Notlampe brennt in der Circuskuppel. Fast schweigend, nur von den vereinzelten Kommandos des Elefantendompteurs unterbrochen, laufen sie hintereinander ihre Runden. Dann stellen sich alle am rückwärtigen Eingang auf, wie in der Vorstellung, prüfend hebt sich ein Rüssel und streckt sich hier hin und dorthin. Jedes Tier wird einzeln nach vorne gerufen, ein Kommandoruf, gehorsam üben sie ihre Kunststücke. Manchmal wird auch geschludert, gleich einem Viertklässler sind auch die Tiere manchmal abgelenkt oder unlustig. Dann wird ein lauteres Kommando ausgerufen:

"Matura, aufpassen, hier bin ich, hallo, und komm, …..brav so!" Einen Apfel gibt es zur Belohnung, ein großes Stück Brot, manchmal auch ein paar Bananen.

"Rangoun Lift!" Der Rüssel hebt sich und weit öffnet sich das, im Vergleich zum Tier, kleine Elefantenmaul und die Köstlichkeit verschwindet hinter der dicken Zunge.

Schon warten die Nächsten hinter dem Vorhang, die grauen Riesen trotten zurück in den Stall, wo sie das Frühstück und die anschließende Morgentoilette erwartet. Die Freiheitspferde traben in die Manege. Das düstere Licht wirft graue Schatten auf die Piste. Draußen hat es zu regnen begonnen, ein eintöniges Trommeln auf der gespannten Plastikhaut des Chapiteaus bildet die Hintergrundmusik der morgendlichen Proben. Es ist kalt und feucht. Der Dresseur schlägt seinen Kragen hoch und macht einen gelangweilten Eindruck, jedoch hat er seine Augen überall, jeden seiner vierbeinigen Schützlinge hat er im Blick. Ein glucksendes Geräusch ertönt im Einklang mit den vier Hufen, gleichmäßig wie eine Uhr. Ruhig und entspannt traben sie hintereinander, ab und zu ein Schnauben und Prusten, sonst ist Stille.

Vordergründig hat der Dresseur seine Tiere im Blick, gibt acht, dass sie keine Dummheiten machen. Hintergründig hängt er ganz anderen Gedanken nach.

"Gestern Abend war die Vorstellung schlecht besucht, hoffentlich kommen heute mehr Leute. ……….Morgen muss ich zum Zahnarzt, muss heute noch einen Termin machen. …………….Sonja will neue Gardinen, muss sie heute noch in die Stadt fahren. ………………..Wenn der Platz bloß nicht so weit außerhalb läge. ……..Wann hört dieser Regen bloß auf?"

"Changez!" ertönt sein Ruf und alle Tiere wechseln gehorsam die Hand. Zehn Minuten rechts herum, zehn Minuten links herum, damit die Schultergelenke nicht zu einseitig belastet werden. Er zählt die Runden.

"Dreißig Runden sind gleich fünf Minuten, sechzig Runden auf jeder Hand, jede Runde bei einem Manegendurchmesser von 12,5 Metern sind etwa 40 Meter, mal sechzig ergibt 2400 Meter, dasselbe auf der anderen Hand, also gut fünf Kilometer in zwanzig Minuten, ergibt eine Stundengeschwindigkeit von 15 km/h, trab, trab, trab……….Gleich kommen noch die jungen Araber, was die für ein Gulasch gemacht haben gestern Abend, das war schon peinlich. Zoltan hat mit seinen Stänkereien alle anderen irritiert, der muss unbedingt alleine laufen. Vielleicht sollte er weniger Hafer bekommen. Muss mit dem Stallmeister reden." Fast losgelöst von seinen Handlungen schwenken die Gedanken mal hierhin und mal dorthin.

"Komm hieeeeer!" Alle sechs Köpfe drehen sich wie ein Tier zur Mitte und kommen auf ihn zu. Die Ausbindezügel werden gelöst und die Kutscher führen die Tiere zurück in den Stall. Im Sattelgang warten die Araberhengste. Zoltan stänkert schon wieder. Immer wieder versucht er, seinen Nachbarn in den Hals zu kneifen. Er lässt sie erst laufen, so wie sie möchten, lässt sie sich austoben, erst dann beginnt die Probe. Doch der junge Unruhestifter gibt keine Ruhe. Nun beißt er seinen Vordermann in die Hacken, dieser schlägt mit den Hinterbeinen nach seinem Kopf. Bestimmt und punktgenau trifft die lange Peitsche den Hengst an der Schulter.

"Willst du wohl Ruhe geben, Lorbas vermaledeiter, ist denn das zu fassen!" schimpft der Dresseur. Die Peitsche hebt sich und alle Tiere verhalten den Trab, stehen still. Nur Zoltan natürlich nicht, der rennt einfach weiter und verwirrt die anderen Pferde, die Gehorsamen. Alles noch mal von vorne. Neuaufstellung, antraben, und : "Stop!"

So oft, bis es klappt.

Er ruft alle Pferde zum Appell. Artig stehen sie in einer Reihe vor ihm, jedes bekommt ein Stück Zucker. Dann hebt sich die Peitsche erneut: "Hoch!" Alle sechs erheben sich auf die Hinterbeine, bleiben dort einige Sekunden, mit geblähten Nüstern und wehenden Schweifen, bevor die Peitsche sich senkt und den Befehl zum Absetzen gibt.

"Brave Jungs, so ist fein!" Noch eine Belohnung, dann dürfen alle zurück in den Stall.

Nun haben die Windhunde ihre Probestunde. Neben der Manege haben die Artisten ein Trampolin aufgebaut, hier probt der Artist mit seinen beiden Kindern, sie sind sechs und acht Jahre alt. Der etwas größere Junge springt schon recht gut, das

Mädchen ist zwar sehr willig, aber noch etwas unbeholfen. Mit leiser Stimme gibt der Vater Kommandos. Zwischen den vorderen Stuhlreihen hat der Jongleur sich einen Platz freigeräumt und seine Ringe und Keulen wirbeln in lautloser Eleganz durch die Dämmerung. Dabei scheint er mit ihnen zu reden, oder führt er nur Selbstgespräche?

Bis zum halb zwölf sind Tierproben in der Manege, dann haben die Luftakrobaten eine Extrastunde. Ein Truppenmitglied ist erkrankt und die Nummer muss umgestellt werden, damit am Nachmittag in der Vorstellung alles wieder seinen gewohnten Gang geht.

Der Vater und seine Sprösslinge auf dem Trampolin haben eine Pause eingelegt und beobachten die wirbelnden Windhunde. Das Mädchen kichert laut, als zwei der Hunde sich spielerisch umeinander tanzend im Sägemehl wälzen. Ein dritter Hund will mitspielen, aber die beiden ersten beißen ihn weg: "Hau ab, wir spielen nicht mit dir!" bellen sie ihn aus. Der Verstoßene verzieht sich mit eingezogener Rute auf sein Postament und schmollt. Der alte Bärendompteur hinkt durch den Sattelgang und setzt sich in die zweite Reihe. Er liebt es, den Proben zuzusehen. Seit seine Frau gestorben ist hat er nur noch seine drei Zotteltiere und die sind schnell versorgt. Danach vergnügt er sich damit, den jungen Artisten den einen oder anderen Ratschlag zu geben. Er hat schon viel gesehen und sich auf zahlreichen artistischen Bühnen bewegt, war in seiner Jugend ein recht bekannter Raubtierdompteur, man kann sich auf sein Urteil verlassen. Diese Saison wird seine letzte sein, seine Tiere sind alt, er ist schon über 80 Jahre, die Knochen wollen nicht mehr so recht, da will er lieber abtreten. Die letzte Saison, ja, aber die will er noch genießen.

Auf dem Trampolin ist wieder Bewegung. Auf und ab springen die kleinen Nachwuchsartisten, gehalten von Vaters

Wort und seinem strengen Blick, ja, man muss früh beginnen, wenn das spätere Artistenleben erfolgreich sein soll. Diesen Erfolg kann man nicht kaufen, er muss in langen Probenstunden hart erarbeitet werden und nicht jeder kann dies durchhalten. Jetzt kommt der italienische Schleuderbrettakrobat mit seinen zwei Söhnen. Während er sich in seiner Heimatsprache mit dem spanischen Vater am Trampolin über die letzten Fußballergebnisse unterhält, redet er gleichzeitig mit seinen Söhnen, die im Handstand vor ihm stehen: "Spitzen strecken, Arme durchdrücken, ganz durchdrücken, Rücken gerade!" Warum er mit dem Spanier italienisch und mit seinen Kindern deutsch redet wird wohl immer sein Geheimnis bleiben. Aber im Circus sind Sprachen nebensächlich, irgendwie findet jeder, egal aus welcher Ecke der Erde er kommt, eine gemeinsame Sprache. Die Gesichter der Kinder sind angespannt, sie wissen worauf es dem Vater ankommt. Auf sein Lob sind sie aus, ihm zu gefallen und seinen Ansprüchen zu genügen ist ihr Ziel.

Am Nachmittag in der Vorstellung da strahlen sie, drehen ihre Salti ohne Zögern und in Perfektion, aber proben, proben, proben, das müssen sie jeden Tag. Jeden Morgen zwei Stunden, dann zwei Stunden Unterricht in der Circusschule, Mittagessen, Vorstellung und zwischen der Nachmittags- und der Abendvorstellung noch eine Stunde proben. Das Leben der Circuskinder ist nicht immer ein leichtes.

Unter den Sitzreihen poltert und klappert es. Zeltarbeiter sind mit den Aufräumarbeiten beschäftigt, sie harken die Getränkedosen und Flaschen, die Zuckerwattestäbe und Popcorntüten, den Wohlstandsmüll der letzten Vorstellung, zusammen. Andere fegen auf der Sitzeinrichtung, dem Gradine, mit großen Besen die Bretter sauber. Ein Tischler kommt mit einem neuen Bodenbrett herein und tauscht eine gebrochene

Planke aus. Es hämmert in dem leeren Zelt, hallt laut durch den Raum. Langsam leert sich das Zelt: Mittagszeit. Außer den dezimierten Luftakrobaten ist niemand mehr hier. Von draußen ist das Fauchen der Raubtiere zu hören, die nach der morgendlichen Säuberung gefüttert werden. Aus der Werkstatt kreischt eine Säge herüber, der Lastwagen der Brauerei rumpelt über den Platz: Nachschub für die Gastronomie. In der Tierschau hat sich soeben eine Schulklasse eingefunden und die Kinder stehen kichernd vor dem Ponygehege, dort vergnügt sich gerade der Leithengst mit einer der Stuten, bevor die Lehrerin zum Weitergehen drängt.

Der Regen hat nun endlich aufgehört. Eine kleine Wolkenlücke genügt, die Sonne bricht durch und überflutet den Circusplatz mit Wärme und Licht. Die Stallwände werden hochgebunden, das große Chapiteau wird vorne und hinten aufgeschnürt, Luft und Licht strömt herein, der harte Manegenmorgen zerfließt in einen sonnigen Mittag.

Aussteigen verboten

Es ist eine regnerische und recht stürmische Nacht im irischen Westen. Noch während der zweite Teil der Vorstellung abläuft, fahren schon die ersten Wohnwagen vom Platz. Die Fahrt geht ins 60 Kilometer entfernte Galway. Die Chauffeure müssen mehrere Male fahren, bis der ganze Wagenpark in der nächsten Gastspielstadt angekommen ist, daher haben sie es eilig und drängen auf eine zügige Abfahrt. Windböen peitschen über den Platz und die Scheibenwischer schaffen es teilweise nicht, gegen die Wassermassen anzukommen. Die Stimmung ist gereizt, ein solches Wetter in der Abbaunacht ist so ziemlich das Letzte, was man sich beim Circus wünscht.

Drei Transporte sind schon unterwegs, Jeffrey, ein englischer Kraftfahrer, wartet in seiner Zugmaschine, dass die Raubtiernummer, die erste Nummer nach der Pause, beendet wird, so dass er seinen Transport endlich fahren kann. Kaum sind die Tiere zurück in den Käfigwagen, werden die vorderen Klappen verschlossen, angekoppelt war schon vorher. Die Löwen haben extra Stroh bekommen, so dass sie auf dieser ungemütlichen Fahrt nicht frieren. Der schwere Dieselmotor heult auf, mit einem Zischen füllen sich die Luftvorratsbehälter unter dem Anhänger, noch einmal wird die Beleuchtung kontrolliert, dann geht die Fahrt los. Die Wolkenfelder hängen tief und verschlucken die Straßenränder, die Bäume und Büsche, nur manchmal jagt eine Wolke am Mond vorbei und er blinzelt durch eine Lücke. Schnell verschluckt die Dunkelheit die Rücklichter; es wird eine lange Nacht werden.

Der Wind drückt heftig gegen die Seiten des hohen Tierwagen, Jeffrey muss höllisch aufpassen. Auch kann er nicht volle Geschwindigkeit fahren, sonst fegt ihn der Wind möglicherweise von der Straße. Kaum ist er vom Platz, bemerkt er, dass sein Feuerzeug leer ist.

"Auch das noch!" denkt er. "Heute Nacht kommt aber auch alles zusammen!"

Währenddessen verklingen im Chapiteau die letzten Melodien der Vorstellung. Das Publikum strömt zum vorderen Ausgang hinaus, hinten beginnen die Arbeiter schon mit dem Abhängen der Plane. Doch die Besucher bemerken davon nichts, sie eilen geschwind zu ihren Fahrzeugen, wollen nach Hause in die warme Stube. Um diese Uhrzeit ist kaum noch Verkehr auf den Straßen, nur die Circusbesucher strömen heimwärts, die Autos verteilen sich in alle Richtungen und bald sind nur noch vereinzelte Fahrer unterwegs. Am Stadtrand von Dunmore, vor der Auffahrt zur Schnellstraße, ist ein Stoppschild., Straßenlaternen gibt es keine, nur die reflektierenden Markierungen auf dem Asphalt weisen den Weg.

Steven Jones war in der Vorstellung. Eigentlich hatte er mit seinen betagten Eltern den Circus besuchen wollen, aber der Vater hatte sich eine Erkältung eingefangen, da hatte Steven die Karten an die Nachbarsleute verschenkt und war alleine gefahren. Schon als kleiner Junge war er immer mit seinen Eltern in den Circus gegangen, da konnte ihn auch das schlechte Wetter nicht abhalten. Doch jetzt ist er müde, in Gedanken bereits zu Hause, freut sich auf ein Bier und sein Bett. Er hält seinen Jeep an und schaut in beide Richtungen, verflixte Dunkelheit, bei dem Regen sieht man noch weniger als sonst! Schon will er wieder anfahren, da springen ihm plötzlich zwei große, gelbe Tiere vor den Kühler. Wie aus dem Nichts waren sie auf der linken Straßenseite aufgetaucht, bleiben einen Moment, vom Scheinwerferlicht geblendet, stehen und rennen dann leichtfüßig über die Fahrbahn, verschwinden auf der anderen Straßenseite im Dunkel der

Nacht.

Steven sitzt erstarrt hinter dem Lenkrad.

"O my god, was war denn das?" Fassungslos starrt er nach rechts, doch es ist nichts mehr zu sehen. Er kann nicht glauben, was er gerade gesehen hat. Diese Tiere… Hunde? Doggen? Panik ergreift ihn, mit quietschenden Reifen gibt er Vollgas, nur weg von hier! Ein Stück weiter erspäht er eine Telefonzelle, vor einer Tankstelle die aber geschlossen ist, nur im Inneren der Zelle leuchtet eine schwache Lampe. Steven stürzt aus dem Wagen, das Herz klopft ihm bis zum Hals, panisch schaut er sich um, ob die Monsterhunde ihn verfolgen, nein, schnell die Tür der Telefonzelle zugezogen. Kleingeld, hoffentlich hat er Hartgeld in der Tasche. Ja, Gott sei Dank!

Schnell die 911 gewählt.

"Hallo! Polizei! Ich bin auf der Ausfallstraße von Dunmore, dort wo sie zur Schnellstraße nach Galway abzweigt, ich habe gerade zwei Riesendoggen oder so etwas ähnliches gesehen. Sind mir vor den Wagen gesprungen, habe sie ganz deutlich gesehen, die standen im Scheinwerferlicht und haben mich angeknurrt! Was? Nein, nein, ich hab nichts getrunken…nein, Sir, ich bin nüchtern, kein Schluck hab ich getrunken…Steven Jones, ich wohne in Galway, natürlich bin ich mir sicher, … nein, Sir, ich halluziniere ganz bestimmt nicht, wo? Ich war auf dem Heimweg von einer Circusvorstellung, nein, Sir, ich habe nichts getrunken, ja, ist gut, ich komme morgen früh vorbei und unterschreibe das Protokoll, natürlich, Sir, aber Sie kümmern sich um die Tiere, ja, danke. Good night, Sir!"

Steven Jones rennt wieder zu seinem Auto, schnell springt er hinein und fährt, schneller als erlaubt, nach Hause, und er beruhigt sich erst, als er in seinem sicheren Wohnzimmer, mit einem Bier in der Hand, alle Rollladen herunterlässt und alle Lampen der Wohnung anzündet. Was für eine Nacht!

Im Polizeirevier von Dunmore sind inzwischen noch einige Anrufe eingegangen, alle sprachen von riesigen, hellen bis gelben Hunden mit sehr langen Ruten. Vielleicht auch sandfarben, wenige Anrufer können genaue Angaben machen, denn der Schreck der ersten Sichtung war immer zu groß. Eine Frau spricht von Ungeheuern, "größer als mein Auto", ein anderer Anrufer beschwert sich, dass er in seinem Garten unheimliches Gebrüll gehört hat, ein anderer Autofahrer ist geschockt, weil er, da er den Tieren ausweichen musste, im Graben gelandet war und von einem nachfolgenden Fahrer gerettet werden musste. Die Polizeistreife, die sofort in die Gegend geschickt wird, kann aber nichts ungewöhnliches finden. Auch das Gebrüll im Garten ist, als die Polizisten eintreffen, nicht mehr zu hören.

Eine weitere Streife wird zum Circus geschickt. Vielleicht sind irgendwelche Tiere ausgebrochen? Doch in dem Durcheinander des Abbaus und dem noch immer anhaltenden Regen kann niemand ausfindig gemacht werden, der Auskunft geben kann. Eine Polizistin vermutet:

"Vielleicht sind Löwen ausgebrochen, lass uns doch mal fragen, wo die Tiere sind, da muss doch jemand sein, der das weiß?"

"Hallo, Sie da, haben Sie Löwen?"

"Nix verstehn!"

"Ich fragte, ob Sie Löwen im Circus haben!"

"Löwen, jaja, schon weg! Andere Stadt!"

"Na, der versteht mich nicht, ist denn hier keiner zuständig!"

Der junge Polizist stellt sich mitten in die Manege, um ihn herum bauen die Arbeiter unbeeindruckt weiter ab.

"Polizei!" schreit er. "Wer ist hier der Verantwortliche?"

Mit einem Schlag ist es totenstill. Alle stellen ihre Tätigkeit ein und starren die Polizisten an. Ein älterer Mann in einem

gelben Regenmantel stürmt schnellen Schrittes durch das Zelt.
"Weitermachen!" brüllt er.
Und zu den Polizisten gewandt:"Was ist los!? Ist etwas passiert!? O Gott, hoffentlich kein Unfall, was…?"
"Nein, Sir", beruhigt ihn die Polizistin. "Wir suchen einen Verantwortlichen, weil uns gemeldet wurde, dass sich möglicherweise zwei Löwen in der Stadt herumtreiben. Haben Sie Löwen, Sir, und könnten da vielleicht welche ausgebrochen sein!?"
"Löwen? Natürlich haben wir Löwen, aber die sind schon unterwegs nach Galway, auf der Landstraße, vor etwa ein und halb Stunden abgefahren, wie, ausgebrochen? Das gibt es doch nicht?!"
"Sir, wir werden das überprüfen. Auf dem Weg nach Galway, sagen Sie? Wir schicken sofort jemanden hin!"
Die Zentrale wird verständigt.
"Ruft sofort in Galway an, die Kollegen sollen zum Circus fahren und dort jemanden finden, der die Löwen zählt, sagen Sie, dass möglicherweise zwei ausgebrochen sind!"
Jeffrey, der gegen Mitternacht auf dem Circusplatz in Galway eintrifft, ist nicht wenig erstaunt, dort einen Streifenwagen mit eingeschaltetem Blaulicht vorzufinden und den aufgeregten Dompteur der Löwen, Mister Chipperfield, in ungeduldiger Erwartung. Mit einem beklommenen Gefühl in der Magengegend steigt er aus dem Lastwagen als Chipperfield und die Polizisten auf ihn zustürzen. Hat er etwas angestellt, vielleicht unbemerkt einen anderen Wagen beschädigt oder jemanden angefahren? Bei dem Wetter kriegt man nicht viel mit, was sich nicht im Scheinwerferlicht befindet.
"Jeffrey, hast du noch alle Löwen dabei?" erkundigt sich Chipperfield. "Hast du vielleicht welche verloren?"
"Was? Verloren? Löwen?"

Jeffrey schüttelt den Kopf.

"Als ich abfuhr waren sie noch alle drin!"

Alle rennen um die Wagen herum, Chipperfield will schon die Klappen öffnen, um seine Löwen zu zählen, als der Polizist sich meldet:

"Sir, hier steht eine Tür offen!"

"Jesus Christ, das darf doch nicht wahr sein!"

Sie leuchten in den Käfigwagen. Hinter weiteren Gitterstäben bewegen sich unruhige Leiber im Licht der Taschenlampen, doch das erste Käfigabteil ist leer….

"Wer hat die Türen verriegelt? Welcher Idiot war das?"

Chipperfield ist außer sich. Doch die Löwen sind weg, daran ist kein Zweifel.

"Sir, wie viele Löwen fehlen, bitte, prüfen Sie das!"

Chipperfield öffnet die Klappen. Verärgert fauchen die gelben Katzen in das störende Licht, erst das Gerüttel auf der Straße und nicht mal jetzt hat man seine Ruhe!!

"Hier sind Samba und Cleo, Sina und Peaches, Aida und Roma fehlen, zwei Löwinnen, die waren im hinteren Abteil, damned, damned, wir müssen so schnell wie möglich zurück, können Sie mich fahren, ich muss dort sein, auf mich hören sie Tiere, wenn das bloß kein Unglück gibt…!"

"Mister Chipperfield, was soll ich jetzt machen?"

"Jeffrey, du musst mit dem Löwenwagen zurück nach Dunmore, wir müssen die Tiere wieder in den Wagen bekommen, ich fahre schon mal vor, wir treffen uns am Platz in Dunmore!"

Unterwegs verständigen die Polizisten aus Galway ihre Kollegen in Dunmore, dass es sich tatsächlich um zwei Löwen handelt und dass der Dompteur auf dem Weg ist, ebenso wie der Käfigwagen.

Mehrere Streifenwagen, das heißt alle drei Streifenwagen des

Ortes Dunmore, werden sofort auf die Straße geschickt. Ausschau halten, heißt es, langsam fahren und auf ungewöhnliche Tiere achten, sandfarbene Löwen, die sich vielleicht in der Nähe des Circusplatzes aufhalten, möglicherweise aber auch durch entferntere Gebiete streifen.

Zwei ältere Streifenbeamte, die kurzerhand aus dem Bett geklingelt worden waren, halten am Straßenrand, an einer weitläufigen Wiese, einer nimmt sein Fernglas heraus, als gerade der Mond wieder durch die Wolken blickt.

"Hier sehe ich nichts…!" als sein Partner ihn entgeistert am Ärmel zupft: "Da, da, schau nur!"

Im Mondschein sehen sie eine der Löwinnen, die sich tief geduckt an einen Esel anschleicht, der sich vor dem Regen unter einen Unterstand geflüchtet hat. Das Tier scheint zu dösen, halb im Schatten verborgen, denn es rührt sich nicht. Die Löwin kommt immer näher, schließlich schnuppert sie an der Fessel des Esels, der in diesem Moment einen lauten Schrei ausstößt:" Iaaaah, Iaaaah!" und mit aller Wucht nach hinten ausschlägt. Die Löwin wird punktgenau auf der Nase getroffen, dreht sich blitzschnell um und verschwindet hinter einer Hecke.

Die Polizisten schauen sich an.

"Hast du auch gerade gesehen, was ich gesehen habe?"

"Ich weiß nicht, was hast du denn gesehen?"

"Ich habe gesehen, wie ein irischer Esel einen afrikanischen Löwen verprügelt hat!"

"Dürfen wir das weiter erzählen oder werden wir dann wegen Trunkenheit im Dienst suspendiert?"

"Ich weiß nicht, vielleicht sagen wir nur, dass wir einen der Löwen gesehen haben!?"

"Ja, ich denke, das reicht!"

Zwischenzeitlich ist Mister Chipperfield wieder in Dunmore eingetroffen. Ein Anwohner meldet sich bei der Notrufzentrale, dass in seinem Garten ein Löwe sei, er habe das Tier bemerkt, als er aus dem Keller eine Kiste Bier holen wollte. Das Tier sei um seinen Geräteschuppen geschlichen und habe sich schließlich dort verkrochen. Er habe dann die Tür geschlossen, also bitte, er wollte ja nur melden, dass in seinem Geräteschuppen ein Löwe sei und ob bitte jemand vorbeikommen könne und ihn abholen? Er müsse nämlich am nächsten Tag die Hecke schneiden und die Heckenschere befindet sich dort drinnen.

Diesmal wird nicht nachgefragt, ob der Anrufer vielleicht betrunken sei. Chipperfield begibt sich mit einer Transportkiste, denn Jeffrey ist noch nicht eingetroffen, zur angegebenen Adresse, der Bewohner steht aufgeregt winkend am Gartentor. Die Kiste wird vor die Türe des Gartenhäuschen gestellt, noch ist sie leer und kann leicht manövriert werden, dann stellen einige Circusleute Gitterteile des Zentralkäfigs darum herum auf. Chipperfield öffnet die Tür und ruft seinen Löwen:"Aida, Roma (er weiß ja nicht, welcher), komm, am Platz, komm hier!" Aus dem Dunkel funkeln die Augen der Löwin, unruhig sitzt sie in der Ecke und faucht.

"Komm, meine Kleine, Ausflug ist zu Ende, komm, nach Hause, komm!"

Die Löwin schlägt mit dem quasten bewehrten Schwanz auf die Erde. "Ach, du bist's, Aida, komm, mach keinen Blödsinn, komm, nach Hause!"

Er lockt sie mit einem Fleischstück, mit einem Satz springt das Tier auf und läuft in die Kiste, irgendwie erleichtert, dass dieser aufregende Ausflug ein Ende hat. Die Welt außerhalb der Gitterstäbe ist doch zu aufregend, da ist es in ihrem Abteil viel sicherer!! Schnell wird der Schieber der Kiste herunter gelassen, die Käfigteile abgebaut und dann mühen sich sechs Männer damit, die Kiste wieder zur Straße zu tragen. Der

Garten ist eng und die Löwin mit der Kiste wiegt gut und gerne 200 Kilogramm, da gibt es ein Schieben und Stoßen, bis die Kiste auf der Straße steht. Hier soll Jeffrey den Löwen abholen, zwei Polizisten bleiben zur Bewachung dort, Chipperfield fährt weiter, dorthin, wo die andere Löwin, Roma, gesehen worden war.

Doch diese hatte genug von Nässe, Regen und Wind, mittlerweile hatte sie den Weg zurück zum Circus gefunden, dort wo ihr in ihrer Erinnerung ein warmes Strohbett auf sie wartete und Futter, denn der Ausflug hatte sie doch recht hungrig gemacht. Langsam dämmert der Morgen. Zwar riecht es auf dem Platz noch nach Heimat, doch Roma kann weder ihre Gefährten noch ihr warmes Abteil finden. Zwei einsame Campingwagen stehen noch auf dem Platz, der Rest des Circus ist schon in der Nacht abgefahren.

Olly, der Clown, hat sehr schlecht geschlafen. Seit Tagen schon plagt ihn eine hartnäckige Erkältung, deswegen ist er in der Nacht nicht in die nächste Stadt gefahren. Er befürchtete außerdem, Fieber zu haben und war nach dem Abbau direkt ins Bett gegangen. Doch der Wind und der Regen, dazu der Lärm des Abbaus hatten ihn immer wieder aufgeweckt und er war erst spät in einen unruhigen Schlummer gefallen. Jetzt kommt das erste Morgengrauen durch die Gardinen seines Wohnmobils gekrochen und stöhnend wälzt er sich aus dem Bett. Ein durchaus menschliches Bedürfnis plagt ihn und da er weiß, dass der Circusplatz leer ist, öffnet er die Türe um diesem Drang in freier Wildbahn nachzukommen. Halb noch im Schlaf tapst er um die Ecke seines Wohnmobils und tastet nach dem Hosenschlitz. Gähnend öffnet er die Augen und...

"Oh, Shit...!"

Keine zwei Meter von ihm entfernt steht Roma. Sie hat eine blutverschmierte Schnauze und ihr Schwanz peitscht unruhig auf und ab. Die Löwin ist nass und offensichtlich "not amused". Olly erstarrt, mit einer Hand stützt er sich am Campingwagen ab, die andere hält sein "bestes Stück", aber der Drang, der ihn nach draußen getrieben hatte, ist verschwunden. Die beiden stehen Auge in Auge, Tier und Mensch scheinen zu überlegen. Die Zeit steht still, kein Laut ist zu hören. Da merkt Olly, dass er an der Leiter lehnt, die auf den Dach seines Wohnmobils führt. Die Leiter ist noch ausgeklappt, denn gestern hatte er die Antenne neu ausrichten müssen.

Trotz seiner mehr als 60 Jahre ist der Clown noch recht gelenkig. Aber er kann später nicht mehr erklären, wie er es schaffte, noch vor dem Löwen auf das sichere Dach seines Wohnmobils zu gelangen. Tatsache ist, dass die etwa eine Stunde später eintreffenden Polizisten, Mister Chipperfield sowie Jeffrey einen durchnässten, heftig niesenden Olly vorfinden, der auf dem Dach seines Wohnmobils ausharrt und die Löwin Roma, die unten herum schleicht und ihre "Beute" bewacht. Als die Polizeiwagen und der Transporter auf den Platz fahren, erschrickt die Löwin, duckt sich und rettet sich mit einem Sprung in Ollys Wohnwagen, der greift beherzt nach unten und schlägt die Tür zu.

"Hab dich!" ruft er befreit. "Aussteigen verboten!"

Der alte Clown

Mein Herz quillt über vor Traurigkeit an diesem Morgen. Ich gehe langsam über den verlassenen Circusplatz. Da liegt noch Stroh von den Pferden, gestern standen sie an dieser Stelle, wieherten und scharrten. Daneben stand der Elefantenstall, ich kann den süßlichen, schweren Geruch der grauen Riesen noch deutlich wahrnehmen. Auch dort, wo die Raubtierwagen standen, hole ich mir eine Nase voll. Mit dem Einatmen höre ich das Fauchen der gelb-schwarz gestreiften Tigerkatzen, aber wenn ich die Augen wieder öffne, dann ist es nur der Wind und meine Sehnsucht, wieder dabei sein zu können.

Leere Dosen, abgerissene Eintrittskarten, Eisbecher, Dosenverschlüsse und Popcornreste liegen wie Konfetti um das braune Lehmrund, das die Manege war. Welch herrliche Spur! Ein einzelner Elefantentritt ist noch deutlich zu erkennen, daneben liegt eine abgebrochene Peitsche und ein vergessenes Teil des Holzzaunes, rot-weiß gestrichen ist er.

Über den Platz ziehen sich die tiefen Fahrrinnen der schmalspurigen Holzwohnwagen. Vom Haupteingang aus zieht sich ihre Spur weiter bis zum Bahnhof. Es hatte die letzten Tage geregnet, die Treckerreifen trugen das Erdreich des Circusplatzes bis weit in die Stadt hinein. Unangenehme Sache. Die Straßenreinigung hat da reichlich zu tun. Ja, ja, der Regen, nicht schön für die Circusleute. Aber man nimmt es hin, es muss ja weitergehen. Es wird geschuftet, bis der letzte Anker aus dem Boden gezogen, bis der letzte Wohnwagen vom Platz gefahren ist. So wie damals….

Glasscherben liegen dort, wo die Fassade mit tausend Glühbirnen die Besucher anlockte, ihre Protzigkeit in den trüben Tag hinaus schrie und dem willigen Publikum den Weg in das hell erleuchtete Zelt hinein zeigte. Der Wind weht mir den Teil eines Federbüschels vor die Füße. Gestern noch saß er auf einem der stolzen, edlen Lipizzanerköpfe, der kleine Rest leuchtet grellrot im Morgengrauen. Ich stecke meine Hände tiefer in die Hosentaschen und möchte mich doch so gerne bücken, bücken wie ein kleiner Junge und all diese herrlichen Schätze mit nach Hause nehmen. Aber ich gehe aufrecht, steif, mit wehmütigen Blicken, tief gebeugten Mutes und mit einem traurigen Herzen, träume unentwegt von der herrlichen Zeit damals, als ich noch dazu gehörte, als auch ich einer der Fahrenden war, einer vom Circus.

Langsam richtet sich der Tag auf und beginnt zu sein. Das Grau des frühen Morgens wird zerschnitten von den Motorengeräuschen der vorbeifahrenden Autos. Sie bohren ihre grellen Lichtfinger weit nach vorne, ein einsamer Fußgänger überquert schnellen Schrittes die Fahrbahn. Der gellende Schrei eines Rotkreuzwagens meldet Schmerz und Gefahr, Hilfe tut not! Macht Platz, macht Platz, schreit das Martinshorn. Der Tag hat begonnen. Die Ampeln ändern fleißig ihre Parolen. Mal rot, mal grün, mal rot, mal grün…

Da flattert, von einer plötzlichen Böe angehoben, die Seite eines Programmheftes hoch, dreht einen perfekt anmutenden Salto Mortale und bleibt für eine Weile, mir scheint es eine Ewigkeit, am dicken Stamm einer, protzig ihre roten Kerzen tragenden, Kastanie kleben. An ihrem Fuß schwimmen Sägespäne in einer Pfütze. Regentropfen aus dem hohen Baum fallen dem viel zu lustig in meinen Morgen lachenden Clown auf die rot geschminkten Wangen. Sind es meine Tränen? Unwillkürlich wische ich mir über's Gesicht. Auch meine Wangen sind feucht.

Zwischen Popcorn und Coladosendeckelkonfetti leuchtet ein blaues Fähnchen. Gestern noch flatterte es mit Hunderten anderen, dreieckigen und vielfarbigen Kameraden hoch oben zwischen den Masten. Neben ihnen die strahlenden Lichterketten.

Exakt abgesteckt erkenne ich noch die Abdrücke vom Kreis der Eisenanker, die um das Zelt standen. Die Löcher dafür wurden mit schweren Presslufthämmern in die Erde geschlagen, als ich noch dabei war, gab es das nicht. Da mussten alle Anker mit Muskelkraft eingeschlagen werden, ich fühle noch die Schwere des Hammerkopfes und das glatte Holz des Hammerstieles in meinen Händen. Damals half jeder mit, das große Chapiteau aufzustellen, egal ob Artist, Dompteur, Arbeiter oder Clown. Ja, ja, Clown wurde ich erst zu Vorstellungsbeginn und mit der Schminke legte ich auch mein Privatleben ab.

Vor mir schreckt eine Taube hoch, im Schnabel ein Popcorn, glückliche Beute! Ein früher Gassigeher schlendert mit seinem Vierbeiner über den Platz, der Hund schnüffelt dort, wo die Raubtiere gestanden hatten. Ängstlich stellt sich sein Nackenhaar auf, hastig hebt er sein Bein und läuft seinem Herrchen nach.

Mit lauten, störenden Geräuschen machen sich nun die gelben Reinigungswagen der Stadt daran, die letzten Reste des Circus mitzunehmen. Wie eine frische Narbe hinterlassen sie eine glatte Spur, gierig saugen die rotierenden Besen den Müll auf. Doch meine tiefe Traurigkeit nimmt keiner mit, die darf ich behalten. Ich setze mich am Platzrand auf eine Bank, sie ist noch feucht vom gestrigen Regen, doch es stört mich nicht. Meine Erinnerung an die so herrlich verlebte Zeit will nicht schweigen. Die Jahre der Gemeinsamkeit mit Menschen aus aller Welt, erworbene Freundschaften, schwere Arbeit, Schweiß, Regen, Sturm, Sonnenschein, Abbaunächte, Lagerfeuer mit brutzelnden Würstchen, Premieren, Musik, der Sprung über's Seil, die fauchenden Löwen im Gittertunnel auf dem Weg zur Manege, die Kleine vom Trapez mit ihrem knappen Kostüm, ach, es will kein Ende nehmen, dieses wunderbare Erinnern. Trotz des grauen Morgens in ein rosarotes Licht getaucht.

    Doch heute bin ich einsamer denn je. Der Circus fuhr in der Nacht weiter. Als ich in den letzten Tagen oft hier war und mit den Menschen redete, war es, als wäre ich noch einer von ihnen. Manche kannten mich noch. Einige erinnerten sich, denn damals, war mein Name bekannt, aber heute…Heute reisten sie ohne mich weiter, ich bin keiner mehr von ihnen. Heute bin ich allein.

    Plötzlich fällt das Blatt mit dem Clownsgesicht vom Baum, in die Pfütze darunter. Es fällt mit dem Gesicht nach oben und der ewig fröhliche Mund lacht in den grauen Morgen. Wütend über meine schmerzende Traurigkeit trete ich ihn weiter in die Pfütze hinein. Ich kann ihn nicht lachen sehen.

    Ohne einen Blick zurück gehe ich auf Umwegen nach Hause. Noch lange habe ich das vernichtende Geräusch der Reinigungsmaschinen im Ohr, doch im Herzen nur Tränen.

    In den hochbeinigen, zweigestreckten Linden, die ihr Grün verschwenden, singt eine Amsel ihr Morgengebet.

Wir haben ein neues Tier!

Ein grauer Herbstmorgen. Die Stallzelte werden nur wenig geöffnet, um den kalten Tag nicht herein zu lassen. Einige Pferde haben schon die Ahnung eines Winterfells, andere schnauben unwillig und drängen sich tiefer in die warme Streu. Der Herbstwind spielt mit dem trockenen Laub, wirbelt es vor sich her, hoch in die Luft um es dann wieder fallen zu lassen wie ein Kind sein Spielzeug, wenn es ihm langweilig wird. Doch der Wind findet immer wieder neues Spielzeug, wird er der Blätter überdrüssig, dann lupft er die Ecken des Stallzeltes und schaut hinein, oder weht fröhlich durch den Eingang und spielt dort mit dem Sägemehl und der Streu der Pferde. Es ist ganz und gar ungemütlich, aber die Tiere wollen versorgt werden und so sind die Kutscher immer die ersten, die bei Tagesanbruch auf den Beinen sind und nach ihren Schützlingen sehen.

Hans öffnet gähnend die Klappen der Raubtierwagen und lässt das erste Morgenlicht hereinströmen. Blinzelnd und schläfrig schauen ihn die gelben Katzenaugen an.

"Ja, ja, ich weiß, das passt euch jetzt gar nicht", nuschelt Hans. "Ich wäre auch lieber im Bett geblieben!"

Sultan, der männliche Löwe, gähnt herausfordernd und zeigt seine imposanten Reißzähne.

"Gib nicht so an", kontert Hans.

Die zwei Löwinnen neben Sultan regen sich nicht aus ihrem großzügigen Strohbett, nur ihre quasten- bewehrten Schwänze klopfen unwillig auf den Boden.

"Hilft nix, Mädels, aufstehen! Wenn ihr was zu fressen wollt, dann bewegt euch! Erst muss ich euren Dreck wegmachen, dann gibt es Frühstück!"

Sally und Dima erheben sich und lassen sich in ein leeres

Käfigabteil bugsieren, Hans schließt den Durchgang und beginnt mit der Säuberung der Käfige. Mit einem langen Schieber zieht er Stroh und Sägespäne aus den letzten Ecken, ist das Gröbste heraus, dann schwingt er sich durch einen kleinen Einlass im vorderen Gitter in den Wagen und fegt auch noch die letzten Ecken sauber. So, Frontschieber zu, Seitenschieber auf, die Löwinnen wieder herein und weiter geht's.

Sultans Abteil ist das nächste, dann kommt das große Abteil mit Rana, Silja und der kleinen Roma an die Reihe und zum Schluss Natascha, die nachts immer sehr unruhig ist und besser alleine schläft.

Schiebern, Stroh und Mist raus ziehen, fegen, Hans hat schon Routine. Der scharfe Geruch des Raubtierurins beißt ihn in die Nase, aber nach zwei Jahren hat er sich daran gewöhnt. Ist nicht der beste Job, den er kriegen konnte, aber irgendwie schon aufregend. Inzwischen ist er mit den Tieren vertraut und auch mit dem Dompteur, Jos, verbindet ihn eine respektvolle Freundschaft, nun ja, wenn man Tag und Nacht miteinander arbeitet und einen Großteil der Freizeit, wenn es denn mal welche gibt, zusammen verbringt, dann muss man sich gut verstehen, sonst klappt das nicht.

Hans hatte vor zwei Jahren seine graue Existenz in der bayerischen Kleinstadt verlassen und war, Hals über Kopf, dem Circus gefolgt, hatte sich einfach hingestellt und gesagt: "Jetzt hab ich genug von der ewigen Arbeitslosigkeit, und wenn es mal Arbeit gibt, dann nur für kurz, dann gehe ich lieber mit dem Circus, da gibt es immer was zu tun!"

Recht hatte er gehabt. Zwar verdient er hier keine Reichtümer, aber er kann immer wieder mal ein paar Mark auf die Seite legen, außerdem braucht er nicht viel zum Leben, Essen gibt es in der Betriebsküche, und schöne Kleider sind fehl am Platz. Zu einer Freundin hat er es noch nicht gebracht, aber wer weiß…

Letzten Winter waren sie in Moskau gewesen, das war ein Abenteuer! Eine ganze Woche auf der Bahn, endlos scheinende Tage voller Langeweile, aber dann die Ankunft in Russland, und ganze zwei Monate in Moskau! Moskau und Natascha…

Hans seufzte. Natascha aus Moskau, das war ein Mädel! Leider waren die zwei Monate viel zu kurz und er konnte sie nicht mitnehmen, die schwarzhaarige Natascha. Aber er träumte immer noch von ihr. Diese Wintersaison sollte es nach Italien gehen, vier Monate in den sonnigen Süden, vielleicht war da auch eine feurige Natascha…

Hans steigt in das nächste Abteil. Noch zwei Städte, denkt er, dann geht's ab in den Süden. Der Wind weht eisig durch die Gitterstäbe und treibt das Sägemehl wieder zurück. Hans träumt mit offenen Augen. Ja, so eine feurige Italienerin, das wäre schon was!

Er befindet sich im letzten Abteil, in Nataschas Abteil, warum muss die Löwin auch so heißen wie sein Liebchen aus Moskau?, als ein gar zu heftiger Windstoß die Klappe herunter weht, mit einem lauten Klappern fällt sie in die Halterung und Hans…ist gefangen!

"He…!" ruft er erschrocken, packt die Gitterstäbe und versucht, die Klappe wieder nach oben zu schieben. In diesem Moment geht eine Erschütterung durch den Wagen und mit ungläubigem Staunen sieht er, wie Natascha, die Löwin, aus ihrem Abteil nach draußen springt.

"Träume ich oder bin ich besoffen?" denkt Hans. Schnell überschlägt er den letzten Abend, nein, er hatte doch gar nichts getrunken, nicht mal ein Bier. Nein, aber trotzdem steht Natascha draußen und er sitzt im Käfig. Mit etwas verwunderten Augen schaute sie zu ihm hoch, so als will sie sagen:"Hier ist doch irgendwas verkehrt, was machst du denn da drin?!"

Hans rüttelt wieder an der Käfigtür, aber sie geht nicht auf.

"Verflixt, habe ich denn bei Natascha die Sicherung nicht rein gemacht? Das kann doch gar nicht sein..."

Natascha schleicht derweil am Käfigwagen entlang. Immer noch ist sie hinter der Absperrung, welche die Tierschaubesucher von den Tieren fernhält. Neugierig schnüffelt sie bei Sultan, dann bei Rana, sie entdeckt die Schubkarre, mit der Hans immer die großen Fleischstücke zu den Tieren bringt. Diese riecht ganz besonders interessant und Natascha unterzieht sie einer gründlichen Prüfung.

Hans ruft verzweifelt: "Jos, Jos, komm schnell, Jos, Hilfe!"

Aber der Dompteur schläft noch und hört nichts, obwohl sein Campingwagen neben den Raubtieren steht.

"Mensch, jetzt komm doch einer, bevor noch was passiert!"

Laut ruft er, doch niemand hört ihn. Natascha schaut unwillig zu ihm hoch.

"Musst du hier so einen Krach machen?"

Der Elefantendompteur Rupert steht vor dem Gitter und rügt Hans. Dann sieht er aber, dass dieser hinter Gitter sitzt und will schon anfangen zu lachen. Im nächsten Moment jedoch sieht er Natascha, die an der Schubkarre schnüffelt und vor dem Gitter steht. Konsterniert sieht er von Natascha zu Hans.

"Meinst du nicht auch, dass hier etwas verkehrt ist? Und jetzt hör auf zu schreien, bevor du das Tier in die Flucht schlägst!"

Vorsichtig bewegt er sich rückwärts und klopft an die Tür des Löwendompteurs.

"Jos, komm raus, mach schon, deine Löwen sind los!"

Von drinnen kommt unwilliges Brummen. In Unterhosen stößt Jos die Tür auf und will schon meckern, dass man ihn aus den Träumen geholt hat, aber Rupert packt seinen Arm und zeigt auf Natascha und Hans.

"Allmächtiger", stöhnt Jos. Mit einem Satz ist er aus dem Wagen und greift sich einen Besen. Springt über die Absperrung und geht, beruhigend auf sie einredend, auf die Löwin zu. Rupert hat sich eine Eisenstange genommen und sichert den Ausgang der Absperrung. Sicherlich kann die Löwin auch darüber springen, aber wenn man sie nicht erschreckt, würde sie dazu keinen Grund haben.

"Komm, Natascha, sei ein braves Mädchen, was willste denn hier draußen, ist doch bloß kalt und nass, komm sei brav!"

Vorsichtig geht er vorwärts und die Löwin weicht vor ihm zurück. Mit einer Handbewegung zeigt er Rupert, dass dieser von der anderen Seite absperren soll. Rupert bewegt sich vorsichtig, als Natascha am Eingang zu ihrem Abteil angekommen ist, gehen beide Männer einen schnellen Schritt vor, Jos ruft: "Natascha, am Plaaatz!" und einem Satz springt Natascha wieder hinein, sie schüttelt sich, als wollte sie sagen: "Nee, das Wahre ist das da draußen doch nicht!"

Flink schließt Jos den Frontschieber und alle atmen auf. Jos in Unterhosen, Rupert mit der Eisenstange in der Hand und Hans in seiner Gefängniszelle.

Rupert und Jos drehen sich zu ihm um. Sultan im Nebenabteil brüllt und schlägt mit der Schwanzquaste an die Gitterstäbe, Natascha raunzt und die anderen Löwinnen fallen ein. Mitten drin sitzt Hans und schaut recht bedeppert aus der Wäsche. Schweiß bricht ihm aus, denn die Löwen sind keinen halben Meter von ihm entfernt, zwar hinter Gitterstäben, aber trotzdem..

"Nanu", sagt Jos. "Wen haben wir denn da?"

Hans starrt nach draußen.

"Du, Rupert, ich glaube, wir haben ein neues Tier im Gehege, was meinst du?"

"Lasst mich doch endlich hier raus!"
"Wieso, wer hat dich denn eingeschlossen?"
Von rechts brüllt ihm Sultan ins Ohr, von links faucht Natascha.
Hans rüttelt am Gitter.
"Herrgott, mach doch mal einer den Schieber auf!"
"Jos, komm, wir gehen Kaffee trinken, vielleicht beruhigt ES sich."

"Schaut, wir haben einen neuen Löwen!"
"Ach wo, das ist ein Affe, schau doch wie der mit den Augen rollen kann!"
"Nee, das ist doch ein Wildschwein, seht ihr das denn nicht?"
Wie ein Lauffeuer geht es im Circus herum.
"Wisst ihr schon, wir haben ein neues Tier!"
"Wo denn!?"
"Im Raubtierwagen!"
"Was?"
"Selber schauen gehen!"

Bis Mittag ist die gesamte Mannschaft am Käfigwagen vorbei defiliert und jeder hat seinen gutmütigen Spott mit Hans getrieben. Der hat sich bis in die hinterste Ecke zurückgezogen und wäre vor Scham am liebsten in der Erde versunken. Mittlerweile wissen es auch alle, dass es durch seine Nachlässigkeit beinahe ein Unglück gegeben hätte. Aber eben nur beinahe, und wenn es dann doch gut ausgeht, dann wird darüber gelacht.

Hans darf dann zum Mittagessen aus seinem unfreiwilligen Gefängnis heraus. Allerdings bekommt er noch jede Menge Spott zu hören, in der Betriebsküche will man ihm ein Stück rohen Fleisches servieren, denn "so was fressen Löwen doch", und an seinem Wohnwagenabteil prangt seither das Schild: "Hans, der gebändigte Löwe" mit einer recht gelungenen Zeichnung von ihm hinter Gittern.

Die Ballerina zu Pferd

Im fahlen Dämmerlicht des frühen Morgens beginnt der Alltag. Der kaum begonnene Tag scheint fahl durch die aufgeschnürten Zelteingänge, eine einsame Lampe in der Circuskuppel erhellt das Manegenrund. Staub steht in der Luft, die Reinigungsleute sind schon zugange und fegen, harken und schaufeln den Müll des letzten Tages in große Mülltonnen. Laut scheppern die leeren Blechdosen unter der Sitzeinrichtung, hart klirren Flaschen an die eisernen Träger des Gradines.

Der alte Mann in der Manegenmitte hüstelt. Seine Mütze hat er tief ins Gesicht gezogen. Mit der rechten Hand führt er die Longierpeitsche, mit der linken Hand hält er die Hochlonge. Die Reiterin auf dem schweren Kaltblüter trägt einen weichen Ledergurt, sicher ist sie damit oben in der Kuppel verankert. Der Flaschenzug, an dem ihr Körper gesichert ist, wird von dem Mann in der Manegenmitte gehalten. Mit einem Lager versehen dreht er sich mit dem Pferd, gibt ihr Sicherheit und doch völlige Freiheit. Er hält sie wie eine Marionette, ihre waghalsigen Sprünge absichernd, die schon auf dem Boden gefährlich sind.

Die Anweisungen des Meisters kommen mit monotoner Stimme. Das Mädchen hebt sich mit einem kühnen Spreizsprung fast einen Meter in die Höhe um gleich danach wieder sicher und grazil auf dem stabilen Rücken des Pferdes zu landen. Der Kaltblüter zuckt nicht einmal, ihr Gewicht ist ihm federleicht, auch gesprungen bringt sie ihn nicht aus dem gleichmäßigen Trabschritt. Das Longenseil macht jede Bewegung mit.

"Du musst die Hände höher nehmen, halt die Schultern nicht wie ein lahmer Vogel!" bemängelt er. "Hoch, als ob du fliegen wolltest! Und Spitze, Fräulein, Spitze, das Bein ist länger, noch länger, du siehst aus wie ein Huhn ohne Flügel, hoch und Hopp!"

Sie springt noch einmal, verliert das Gleichgewicht und gleitet, vom Seil gehalten, langsam zu Boden. Sofort verhält das Pferd seinen Schritt und bleibt stehen. Schmerz verzerrt ist das Gesicht des Mädchens, mit den dünnen Schuhsohlen ist sie auf einen Stein gesprungen. Doch als der Meister ruft:

"Allez hopp, weiter, komm, wir haben nicht bis morgen Zeit!" springt sie wieder aufs Pferd. Der Wallach trabt an, so bald er ihr Gewicht verspürt und dreht wieder gleichmäßig seine Runden. Er kennt sein Tempo, auf ihn kann sie sich verlassen. Immer wieder und wieder springt sie, mal besser, mal schlechter, kein Lächeln steht im Raum, nur verbissener Ernst. Heute ist die Probe wieder mal nur Mühe und Arbeit, keinerlei Vorwärtskommen, ein Treten auf der Stelle. Gestern ging es doch so leicht, heute klappt gar nichts mehr. "Ruhe!" denkt sie. "Ruhe! Ich will! Ich will!"

"Aufrichten, Fräulein, Nase nach oben. Du bist doch nicht auf dem Pferd festgewachsen, schweben musst du, schweben!"

Sie gehorcht, denn sein Wort ist Gesetz. Ihm will sie gefallen, seinen Ausführungen lauschen und folgen. Warum klappt es heute nur nicht? Sparsame Gesten und wenige Worte, das ist ihr Meister, aber heute ist er unzufrieden, das Mädchen auch. Der neue Sprung klappt nicht, ihr Körper will nicht so wie er soll.

Seine Zeit im Glanz der Manege ist vorbei, früher, ja früher da sprang er selber. Salti von Pferd zu Pferd, waghalsige Reiterei mit seinen Brüdern, da standen sie alle drei im Applaus und im Rampenlicht. Heute hat er als einziger der noch lebenden Brüder die Aufgabe übernommen, jungen Menschen die Perfektion der Stehendreiterei nahe zu bringen. Seine Elevin, die schon so viel geschafft hat, und doch immer noch ein großes Potenzial aufweist, dieses junge Mädchen möchte er zum Weltruhm geleiten. Ihr Ruhm wäre dann auch seiner, durch sie stünde auch er wieder im Rampenlicht. Wenn sie den Applaus empfing, dann galt er auch ihm, dem Meister. In Artistenkreisen sagte man sich: " Kennst du..........., sie hat doch beim alten……..gelernt?" und man würde sich seiner erinnern.

In dem Moment, wenn sich der Vorhang für sie erhebt, wenn der Strahl des Scheinwerfers sie trifft und ihr verlässlicher Schimmel in die Manege trabt, wenn Tausende von Augenpaaren auf sie gerichtet sind, dann sind die schmerzhaften und mühsamen Stunden der Probe vergessen. Dann zählt nur noch der Augenblick, der Moment, in dem sie zu schweben beginnt, wenn ihre Leichtfüßigkeit sie über die Erdenschwere hebt und ihre Sprünge grazil und leicht wirken. Im Federflug schwebt sie über dem Pferderücken, verharrt dort für einen Sekundenbruchteil um sanft auf die Kruppe des Tieres zurückzugleiten. Mit der Fußspitze berührt sie kaum das glatte Fell des Pferdes, das ohne ein Zucken oder Stolpern gleichmäßig seine Runden dreht. Dann gleitet sie zu Boden, verharrt in der Manegenmitte um den Applaus entgegen zu nehmen, hört tausend Hände klatschen und jubelnde Zurufe. Doch sie ist schon hinter dem Vorhang, Dunkelheit umfängt sie, der Meister hilft ihr in den wärmenden Mantel, erst dann, als sie fragend zu ihm hoch schaut und er anerkennend nickt, erst dann ist sie auch zufrieden und gibt sich einer wohligen Entspanntheit hin. Geschafft, sie hat es geschafft.

Kinder des Circus - Circuskinder

Wird ein Circuskind nach seinem Berufswunsch gefragt, ist dieser eindeutig: Natürlich Artist. Jedes Circuskind träumt davon, in der Manege stehen zu können, es den Erwachsenen nachzueifern und wie die Eltern eine eigene Circusnummer darbieten zu können. Circuskinder wachsen in der behüteten Atmosphäre einer Großfamilie auf, das umzäunte Circusareal ist ihr Spielplatz, ihre Heimat, egal in welcher Stadt, in welchem Land, in welchem Erdteil dieses Circusareal auch stehen mag. Circusleben ist nicht nur ein Beruf, sondern Berufung, Lebensart, Lebensweise. Einen Artistenberuf als puren Beruf zu betrachten, als die Möglichkeit, den Lebensunterhalt zu verdienen, das geht nicht lange gut, denn Artist zu sein bedeutet so viel mehr. Und so wachsen auch die Kinder der Circusleute in der Gewissheit auf, dass dieses Leben das einzig Wahre ist. Denn wer einmal Circuskind war bleibt sein Leben lang ein Kind des Circus, so ist das nun mal.

Wer als Kind in diese Welt hineingeboren wird, sie also nicht aus freien Stücken und mit dem Wissen um die Welt hinter dem Circuszaun betritt, empfindet die Atmosphäre der Großfamilie von Anfang an als wunderbar beschützend. Der Circuszaun bedeutet die Grenze, die alleine nicht überschritten werden darf. Dadurch ist alles, was innerhalb passiert gut und "die da draußen" oftmals in Aktivitäten verwickelt, die "uns hier drinnen" nicht passieren können. Das Kind ist von Anfang an in alle Belange der Familie eingebunden. Tag und Nacht sind die Eltern erreichbar, Vater und Mutter, obwohl voll berufstätig, sind stets vor Ort und ansprechbar. Während beide in der Manege arbeiten, befindet sich das Kind hinter dem Vorhang und wird von Kollegen betreut, später wird der Sprössling meistens im Zuschauerraum der Darbietung der Eltern folgen. Pferde müssen geputzt werden: der Nachwuchs ist in Reichweite, entweder noch im Kinderwagen oder im Laufstall, immer dabei. Während den täglichen Proben: das Kind spielt im Sägemehl, sitzt in der Loge oder wird schon bevor es richtig laufen kann in die Artistik eingeführt. Und entwickelt seinen eigenen Ehrgeiz, möchte auch jonglieren lernen, einen Handstand können oder wie Mama und Papa auf den Pferden reiten. Ob in den dunklen Wäldern Skandinaviens, auf sonnendurchfluteten Stränden Italiens oder in den vollen Hallen der amerikanischen Großstädte: Das Kind ist immer dabei.

Dann kommt die Schulzeit. In Deutschland besteht Schulpflicht, dies gilt auch für reisende Kinder. Vor der Zeit des Internet, der weltweiten Vernetzung und der reisenden Circusschulen, mussten Circuskinder, um dieser Schulpflicht nachkommen zu können, bei Großeltern oder nicht reisenden Verwandten bleiben oder in jeder Gastspielstadt eine andere Schule besuchen. Dann wurde ein Schulbesuchsbuch geführt, in das jeder Schulbesuch penibel eingetragen werden musste. Das Schulkind musste diesen Nachweis dann in der Heimatgemeinde vorlegen und konnte sodann die Prüfung zum nächsten Schuljahr ablegen.

Hört sich einfach an. War es aber nicht. Die Realität sah anders aus.

Im Normalfall blieb ein reisendes Circusunternehmen drei bis vier Tage in einer Stadt.

Erster Tag: Die Mutter macht sich mit dem Kind auf die Suche nach der nächsten Schule. Vorsprechen im Direktorat, Erklärungen, dann marschieren alle drei zum Klassenraum.

"Hallo, liebe Klasse, wir haben die nächsten Tage einen Gastschüler, das ist der kleine Tommy, er ist vom Circus und …

bla,bla,bla!"

Alle Kinder machen große Augen.

Lehrer: "Tommy, setzt dich mal da hinten hin!"

Unterricht geht weiter. Tommy langweilt sich, weil er entweder nicht mitkommt oder alles schon zweimal durchgenommen hat. Unterschiedliche Schulen, unterschiedliche Bundesländer, unterschiedlicher Lernstoff. In der Pause umringen die Schüler den Gast und fragen ihn aus. Über den Circus, über sein Leben, über die Reisen, über die Länder, in denen er schon mal war.

Nach der großen Pause: "Tommy, komm doch mal nach vorne und erzähl uns was. Der Tommy hat nämlich ein ganz interessantes Leben, nicht wahr, Tommy!"

Tommy erzählt. Von seinem Leben, vom Circus, von den Reisen in fremde Länder.

Hausaufgaben bekommt Tommy nicht, weil er für dieses Bundesland auch gar keine Schulbücher hat. Beim Unterricht kann er ja beim Nachbarn mit hineinschauen. Nach Ende jedes Schultages wird zu Hause noch gebüffelt, denn die Schulbücher von seiner Heimatschule muss er bis zum Herbst durchgearbeitet haben.

Am nächsten Schultag hat der Klassenlehrer eine tolle Idee.

"Heute gehen wir alle in den Circus und wir werden sehen, wie der Tommy so lebt!"

Also gehen alle in den Circus.

Am nächsten Tag: "Heute werden wir alle ein Bild malen: Was hat euch denn gestern im Circus am Besten gefallen? Und Tommy, du kannst mir schon mal dein Schulbesuchsbuch bringen, den Eintrag kann ich heute schon machen, so vergesse ich es morgen nicht. Denn morgen bist du ja das letzte Mal da, nicht wahr?"

Tommy bringt sein Buch nach vorne und der Eintrag lautet so

ähnlich wie der Letzte und wie auch der Nächste wahrscheinlich lauten wird: Tommy hat fleißig am Unterricht teilgenommen, er war aufmerksam und ordentlich. Was soll der Lehrer auch sonst schreiben.

Am letzten Tag "darf" Tommy noch ein bisschen erzählen und vielleicht, wenn gerade Erdkunde an der Reihe ist, weiß er als einziger wo in Italien Bari liegt oder das die Hauptstadt von England London heißt, weil er da schon mal war.

Am Abend reist der Circus weiter und am nächsten Tag sucht die Mutter eine neue Schule in der neuen Gastspielstadt. Dass die Noten des kleinen Tommy zur Versetzungszeit nicht die allerbesten sein können ist verständlich.

Die andere Alternative waren wie gesagt die Großeltern oder, wenn die Eltern es sich leisten konnten, ein Internat. Das war für ein Circuskind aber eine Strafe, wie sie härter nicht sein konnte. Nicht beim Circus sein zu dürfen, was sollte dann die ganze Lernerei? Das Kind konnte die Ferienzeit nicht erwarten und es gab regelmäßig Tränen, wenn wieder zurückgefahren werden musste. Und für Kinder, die schon früh in der Manege mitarbeiteten, mitarbeiten durften, kam diese Lösung eh nicht in Frage.

So dümpelten Circuskinder eher am Rande der Bildungsgesellschaft dahin, ohne je eine wirkliche Chance auf eine bessere Bildung erhalten zu können. Das änderte sich erst, als einige Großcircusse eigene Betriebsschulen ins Leben riefen und die Länder damit begannen, reisende Circusschulen nicht nur zu unterstützen sondern auch aktiv zu fördern. Aber das war erst später.

Nun könnte man einwerfen, da stehen doch die Eltern in der Pflicht! Wenn schon Kinder da sind, dann müssen sie eben in eine vernünftige Schule gehen, dann müssen sie eben zu Hause bleiben oder ins Internat geschickt werden! In anderen europäischen Ländern durften Circuskinder zu Hause unterrichtet werden, in Deutschland war dies verboten. In Skandinavien hatten die Circusunternehmen schon früh eigene Circusschulen, wenigstens für die ersten Klassen. Da konnten die Kinder am Geschäft bleiben und mussten erst später in eine feste Schule gehen. In Deutschland ging das nicht, nicht einmal im ersten Schuljahr durften Circuskinder den regelmäßigen Schulbesuch missen, egal, was dabei heraus kam. Das Ergebnis war in den allermeisten Fällen eine allgemeine Unlust am Lernen, eine Abneigung gegen Schulen und Lehrer und keinerlei Intentionen auf weiterführende Bildung.

Circuskinder können auch anders. Hochschulabschlüsse und Fernuniversitätslehrgänge sind heutzutage keine Seltenheit mehr. Dank www. kann jeder, der es möchte, auch einen Studienlehrgang belegen und muss dazu nicht einmal ständig vor Ort sein. Neben der täglichen Arbeit in der Manege, ob im Ausland oder in der Heimat kann ein Bachelor- oder gar ein Masterabschluss geschafft werden. Doch egal, ob nur Bachelor oder promoviert wurde, eines bleiben Circuskinder immer und auf Lebenszeit: Kinder des Circus.

Friedel

Endlich ist wieder ein Circus in der Stadt! Gleich am ersten Abend steht sie an der Kasse, sich vorsichtig umschauend, war denn kein bekanntes Gesicht zu sehen? Aber nein, sie sind alle fremd. Das Mädchen hinter der Glasscheibe hat einen starken Akzent, osteuropäisch?, aber sie ist gut zu verstehen.

"Eine Karte bitte, für heute Abend, 1. Rang!"
"Mit Programmheft?"
"Ja, bitte, was macht´s?"
"14 Mark, bitteschön!"

Dafür würde es zwei Tage lang nur Reste geben, ihre karge Rente lässt ihr eigentlich keinen Spielraum für solche Extravaganzen, aber in den Circus, da muss sie hinein gehen. Mit einem seligen Lächeln im Greisengesicht marschiert sie zum Haupteingang, tritt über die Brücke zum Circusgelände und streckt dem Portier ihre Karte hin. Forschend schaut sie in sein Gesicht. Nein, auch er ist ihr fremd. Über ausgelegte Teppiche geht der Weg weiter zum Einlasszelt, in dem sich Stände mit Zuckerwerk, Bratwürstchen und Getränken aufreihen. Sie blickt sich um, das Zelt ist gut gefüllt, viele Gäste drängeln sich an den Verkaufstresen, wollen noch eine Limo oder Popcorn ergattern. Sie läuft weiter zum Hauptzelt, dort spielt schon das Orchester und der vertraute, doch so lange vermisste Geruch von frischem Sägemehl kriecht ihr in die Nase.

Ein Platzanweiser streckt seine Hand nach ihrer Karte aus. Auch ihm schaut sie ins Gesicht, ach, wie sehnt sie sich danach, ein bekanntes Antlitz zu sehen, aber nein, alles Fremde, hier sind alles Fremde, niemand kennt sie und sie erkennt niemanden. Trotzdem freut sie sich wie ein kleines Mädchen auf diesen Abend, hat sich schon die letzten Wochen darauf gefreut. Seit sie die bunten Plakate erblickt und gewusst hatte: Heute Abend würde sie in den Circus gehen. Ein großer Tag, einer der wenigen, die ihr noch blieben.

Denn nur solche Tage, solche Abende schenken ihr einen Hauch von Lebensfreude, Stunden, in denen sie zurückversetzt wird in jene Zeit, als sie selber noch eine der Fahrenden war. Fast zwanzig Jahre lang war sie Schneiderin in dem größten Circus Europas gewesen, nähte Uniformen, Artistenkostüme, Fracks, Reiterhosen, bügelte täglich den Umhang der Frau Direktor, flickte Ballett - Tütüs, indische Saris und afrikanische Fellkleider. Jeder kannte sie, wenn irgendein Kostüm entzwei ging, dann hieß es: "Bring´s doch zu Friedel, Friedel kriegt das wieder hin!".

Nun sitzt sie allein in ihrer kleinen Wohnung, mit der kargen Rente, in einer großen Stadt, niemand kennt sie und sie kennt niemanden. Soviel will sie heute Abend mit nach Hause nehmen, ein großes Herz voll Circusluft, damit sie die nächsten Wochen und Monate davon zehren kann.

Eigentlich wartet sie darauf, dass irgendjemand auf sie zukommt und sagt:"Mensch, das bist ja du, Friedel, wie geht´s dir denn?" Aber niemand kommt.

Etwas mühsam steigt sie die Treppen hinauf, bis ganz oben, in den letzten Rang. Hier hat man einen wunderbaren Überblick, sie kann alles in sich aufsaugen und festhalten. Es sind noch einige Minuten bis zum Vorstellungsbeginn. Der Geräuschpegel schwillt an, das Orchester spielt immer weiter, die Popcornverkäufer laufen zwischen den Bänken umher und wollen schnell noch einige Tüten verkaufen. Eis und Limo werden angepriesen und immer mehr Leute drängen ins Zelt, ja, heute würde es gut besucht sein, da kann sich der Herr Direktor freuen, da klingeln die Kassen. Sie lächelt.

Eine kleine Episode schleicht sich in ihre Erinnerung. In

Bayern war es gewesen, Fußballweltmeisterschaft und an dem Abend spielte die deutsche Mannschaft. Es waren nur sehr wenige Leute im Zelt, kaum dass die Kosten gedeckt waren. In ihrer Schneiderei hatte sie einen kleinen Fernsehapparat aufgestellt und es herrschte ein reges Kommen und Gehen, nein, ein hastiges Hineinstürmen:"Wie steht´s?" und dann ein rasches Hinausrennen:"Oje, meine Musik ist dran!" So viele sportbegeisterte Artisten, Bereiter und sogar der Herr Direktor schaute einmal herein um sich nach dem Stand der Dinge zu erkundigen.

Doch in der ersten Spielhälfte fiel kein Tor. Dann kam die Vorstellungspause und die zweite Halbzeit begann. Jeder, der Zeit hatte, drängte sich vor ihrem Apparat und fieberte mit den Fußballspielern. Nach etwa 20 Minuten schoss die deutsche Mannschaft ein Tor und alle jubelten und schlugen sich auf die Schultern, dann wurde fiebrig weiter geschaut. Plötzlich die Stimme des Direktors:

"Herr Stübner, darf ich Sie darauf hinweisen, dass sich Ihre Löwen seit vier Minuten in der Manege befinden und auf Sie warten?"

Der Löwendompteur ließ eine saftigen Fluch hören, schleuderte seinen Morgenmantel, den er über dem Kostüm trug, dem Nächstbesten in die Arme und rannte davon. Hatte er doch seinen Auftritt verpasst! Das kostete ihn eine Runde beim nächsten Umtrunk, soviel war gewiss! Vorsichtig schauten die anderen Artisten zum Direktor, würde er……? Nein, er zeigte ein sehr verstohlenes Schmunzeln und marschierte davon. Bei einer gut besuchten Vorstellung wäre er wohl nicht so nachsichtig gewesen. Friedel seufzte, ach je, vorbei, vorbei!

Nun geht das Licht aus und die Kapelle spielt einen kräftigen Tusch. Friedel kommt zurück in die Realität. Die Vorstellung beginnt, jetzt, hier, und Friedel, die alte Schneiderin, träumt sich zurück in die Zeit, als sie noch für all die Glitzerkostüme verantwortlich gewesen war. Sie sieht jedes Kleidungsstück im hellerleuchteten Manegenrund mit anderen Augen, weiß, wie viel Arbeit hinter dem paillettenbesetzten Frack des Weißclowns steckt und wie oft die zarten Netzstrumpfhosen der Ballettmädchen kaputt gehen und geflickt werden müssen. Die Nummern ziehen an ihr vorüber und sie hofft immer wieder auf ein bekanntes Gesicht, aber nein, es sind alles junge Leute, Fremde, niemand, an den sie sich und der sich an sie erinnern würde. War es doch wahrhaftig schon so lange her, dass sie die Fahrenden verlassen hatte?

Als allerletzte Darbietung stürmen vier feurige Araberhengste in die Manege, mit festem Sattelzeug angetan und auf ihren Rücken wild gestikulierende und laut schreiende Reiter. Eine Frau läuft in die Mitte des roten Runds und schwingt mit lautem Knall eine lange Peitsche, mal hier hin, mal dorthin, die Pferde galoppieren mit waghalsigem Tempo am Manegenrand und die Reiter springen auf den Rücken, hängen sich an die Seite oder kriechen gar unter dem Bauch des Tieres hindurch. Plötzlich erstarrt Friedel. Ist das nicht…nein, konnte es sein? Fast hätte sie laut gerufen. So aber flüstert sie nur:

"Mensch, das ist doch Carola! Das gibt´s doch gar nicht, sie hätte ich nicht hier erwartet, und dann ist der junge Mann dort, klar, das muss Carlo sein! Bravo, Bravo!" schreit sie dann doch, mit Tränen in den Augen und einem Herzen voll überschäumender Freude.

Damals, war es wirklich schon fünfundzwanzig Jahre her?, kam Carola als junges Mädchen zum Circus, dort, wo Friedel als Schneiderin tätig war. Sie hatte einen kleinen Sohn, den sie alleine groß zog, er war ein Jahr jünger als Friedels eigener Sohn. Sie spielten oft zusammen, Carlo und Rainer. Eine ganze Saison waren sie zusammen, Carola war Bereiterin und kümmerte sich um die Schul- und Freiheitspferde des Herrn Direktor. Carola redete immer davon, dass Carlo eines Tages ein geschickter Reiter werden würde, ein Pony wollte sie ihm kaufen und er sollte seine eigene Darbietung in der Manege haben. Friedel sah den kleinen Bub, der damals noch keine sechs Jahre alt war, manchmal etwas mitleidig an. Er musste hart trainieren, da kannte Carola kein Pardon und wenn die anderen Kinder im Schwimmbad planschten, dann paukte sie mit Carlo und hielt ihn zu seinen Übungen an. Sie hatten ein recht freundschaftliches Verhältnis damals, schon wegen der Kinder sahen sie sich täglich, trotz des Altersunterschiedes von über 20 Jahren, aber nach der Saison ging Carola fort und Friedel verließ darauf auch bald den Circus, heiratete und strandete schließlich in dieser großen, kalten und sterilen Stadt.

Und hier sieht sie Carola wieder! Offensichtlich war es nicht bei dem einen Pony geblieben, das sie ihrem Sohn kaufen wollte. Ob die anderen jungen Leute alle ihre Kinder sind? Sie muss Carola aufsuchen, mit ihr reden, alles erfragen, was in den vielen Jahren seitdem geschehen war und, was am wichtigsten für Friedel war, sie wollte wieder in einem Campingwagen sitzen und die ganze Nacht tratschen und erzählen, so wie damals, als sie noch eine von den Fahrenden war und dazu gehört hatte.

Nach dem Ende der Finalemusik drängt Friedel mit den anderen Zuschauern aus dem Zelt. Sie wendet sich aber nach hinten, zu den Wohnwagenburgen, den Stallzelten und Tierwagen. Am hinteren Ausgang drängen sich Artisten, laufen über den fast dunklen Hof zu ihren Behausungen, schnatternd, lachend, manche Schweiß überströmt, andere kühl und überlegen. Ja, so kennt sie die Leutchen vom Circus, jeder sein eigener Herr aber doch alle eine Einheit.

Sie fragt sich durch, diesen und dann den nächsten, bis sie

schließlich an einem großen Campingwagen hinter den Stallzelten steht. Das Herz klopft ihr bis zum Hals, ob Carola sie erkennen würde, was wenn nicht?......Erklären, wer sie ist, das ist denn doch peinlich, hoffentlich hat sie sich nicht so sehr verändert. Ihre Hand erhoben zögert sie noch einen Moment, dann klopft sie resolut an die Tür. Kaum dass sie ihre Hand wieder sinken lässt, da wird die Tür von innen aufgestoßen und sie steht im Schein des herausfallenden Lichts.

"Ja, bitte?" sagt der bärtige Mann und schaut sie, nicht erkennend, an.

"Äh, ja, guten Abend, ich suche Carola Schneider?!"

"Jetzt heißt sie Cortez. Caro, für dich!" rief er nach hinten.

Aus dem hinteren Teil des Wohnwagens kommt die Frau mit den schulterlangen roten Haaren und sieht über die Schulter ihres Mannes.

"Ja, hallo, was kann ich...Mensch, Friedel, das bist ja du, was machst du denn hier, komm rein, komm rein. Ramon, das ist Friedel, die Schneiderin von Krone, weißt schon, von der ich dir erzählt hab!"

Sie umarmen sich, Carola hält sie ganz fest. "Friedel, ist das schön, dich mal wieder zu sehen, ich freu mich so, wie ist es dir ergangen?"

Sie sitzen noch bis spät in die Nacht zusammen, erzählen und erzählen, Ramon ist schon längst im Bett, er muss früh raus, ist auch noch Mechaniker am Betrieb. Ja, bei dem einen Pony für Carlo war es nicht geblieben, jetzt hat Carola noch drei weitere Kinder, zwei Mädchen und als Letzten einen Sohn von vier Jahren.

"Der darf aber nur Nachmittags mit in die Manege, weißt schon, Jugendschutz!" und sie hat sechs prächtige Araberhengste, dazu zwei Angestellte und ihr Mann, Ramon, arbeitet auch in der Nummer.

"Aber nicht immer, er ist auch noch Mechaniker, hat leider nicht immer Zeit, aber wenn er kann, dann ist er auch da. Sonst übernimmt Carlo seinen Part! Und der Rainer, dein Sohn, Friedel, wie geht´s ihm? Wo ist er?"

"Rainer ist in Amerika, hat dort geheiratet, ich sehe ihn nicht oft, aber er ruft jede Woche an, erzählt mir alles. Hat mit seiner Frau eine gute Luftnummer, zwei Enkel hab´ich auch schon, aber gesehen habe ich sie noch nicht. Den Flug trau ich mir nicht mehr zu, es ist einfach zu weit. Und der Rainer arbeitet, der hat auch keine Zeit, zu mir zu kommen. Leider hat er kein Engagement in Europa bekommen, ach je, so weit weg!"

Sie wischt sich die Tränen aus den Augen, aber es nützt nichts, Carola hat es gesehen.

"Ja, das kann ich verstehen, ich könnte auch nicht so ganz ohne meine Kinder, bin froh, dass ich sie noch alle bei mir hab!"

Friedel erzählt von ihrem Mann, wegen dem sie den Circus verlassen hat, damals, als sie noch jünger war und das Leben in der großen Stadt noch nicht ganz so einsam war wie heute.

"Karl ist schon seit zwei Jahren im Heim, ich konnte ihn nicht mehr pflegen. Wenn ich ihn heute besuche, dann ist er immer ganz böse mit mir, schimpft, ich hätte ihn verlassen und ins Heim abgeschoben. Aber das stimmt doch nicht. Ich hatte selber einen Schlaganfall und musste für zwei Wochen ins Krankenhaus, als ich wiederkam, war die Wohnung völlig verwahrlost und der Karl saß nur vor dem Fernseher. Wusste gar nicht mehr, dass ich so lange weg gewesen war. Da hab ich dem Arzt gesagt, ich kann mich nicht um ihn kümmern, kann es ja kaum für mich selber. Aber der Karl, der versteht das nicht!"

Spät in der Nacht bringt Carola Friedel nach Hause, nimmt ihr das Versprechen ab, zur Mittagszeit wieder da zu sein.

"Dann isst du mit uns und kannst auch die Nachmittagsvorstellung schauen, und Abends kriegen wir dich auch ins Zelt. Leider ist dann schon Abbau, aber bis wir fahren kannste gerne dableiben!"

Und Friedel kommt am nächsten Tag wieder, sitzt mit Carolas Familie am Mittagstisch, schaut die Nachmittagsvorstellung und applaudiert in der Abendvorstellung genauso begeistert wie am Tag zuvor. Dann ist Abbau, Friedel steht, ein wenig frierend, am Campingwagen und beobachtet, wie Carola mit ihren Kindern die Pferde in den Transporter einlädt und das Stallzelt abbaut. Die Stromkabel werden eingerollt, die Wasserschläuche abgeklemmt und geleert. Dann laufen die Motoren warm und die Campingwagen werden angekoppelt. Friedel steht da und ihr Herz weint vor Wehmut. Carola verabschiedet sich, drückte die alte Frau an sich und gibt ihr einen herzhaften Kuss auf die Wange.

"Wir schreiben, gell, Friedel, und wenn wir wieder hier sind, dann kommst du vorbei, ja?"

Friedel nickt, doch sie weiß, dass es für sie kein nächstes Mal geben wird, ihr Weg würde den von Carola nicht noch einmal kreuzen. Doch sie nickt:

"Ja, das machen wir! Vergelts Gott, Mädchen, vergelts Gott!"

Sie steht noch eine Weile an der Straße und blickt den kleiner werdenden Rücklichtern hinterher. Dann macht sie sich gedankenverloren zu Fuß auf den Rückweg. Doch die Nacht ist kalt und die alte Frau ist müde. Ein vorbeifahrendes Taxi, schnell die Hand gehoben, der Wagen hält an.
Seufzend lässt sie sich auf das Polster fallen.

"Wo soll's denn hingehen?" erkundigt sich der Fahrer.

Noch im Herzen ganz dem Zauber des vergangenen Tages gefangen sagte Friedel:

"Zum Circus, bitte!"

"Aber gute Frau, da kommen Sie doch gerade her!"
"Ach so, ja dann muss ich wohl in die Leisnergasse, Nummer 14, bitte!"

Nächtliche Jagd

Während im Chapiteau die Vorstellung auf Hochtouren läuft, werden nach der großen Pause schon die ersten Wohnwagen zur Bahn gefahren. Eifrige Hände zerlegen das Vorzelt, die Fassade und auch der rot-weiße Circuszaun wird Ruck-Zuck auseinander genommen und auf den Anhänger verladen. Nur die Requisiten und Tiere, welche in der zweiten Vorstellungshälfte auftreten, bleiben am Platz. Schon bricht die Kolonne der Kamele und Büffel zum Bahnhof auf, begleitet von einem Polizeiwagen. Auch die Elefanten hatten ihren Auftritt in der ersten Programmhälfte und schließen sich der Exotenkarawane an. Die Ponys und Voltigepferde sind schon in den Viehwaggons, die Freiheitspferde müssen noch auf ihren Auftritt warten und werden als Letzte den Platz verlassen. An einem solchen Abbautag ist immer eine große Unruhe auf dem gesamten Platz, doch die laufende Vorstellung darf nicht gestört werden. Wie immer drängen sich etliche Schaulustige an den Platzrändern, kaum ist der Zaun entfernt, kommen sie neugierig heran, hoffen noch den einen und anderen Blick auf sonst nur für Bares zu Sehendes zu erhaschen.

Die acht Holsteiner Fuchshengste stehen schon im Sattelgang, aufgezäumt und ausgebunden. Ihr rot-goldenes Fell glänzt im Licht der letzten Laternen, die weiß-gelben Ledergeschirre leuchten im Halbdunkel. Große weiße und zitronengelbe Federbüschel wippen auf den Köpfen und auf dem Widerrist, der Stallmeister dreht den letzten Büschel fest, prüft noch einmal die korrekte Ausbindung und wendet sich dann zum Gehen.

Schon erklingen die ersten Takte der Musik, Orion, das Tetenpferd spitzt die Ohren, denn er weiß, gleich geht es los! Jetzt öffnet sich der Vorhang und die Hengste traben gesittet in das hellerleuchtete Rund. Kutscher und Stallmeister eilen zu den halb abgebauten Tierzelten.

"Kommt, schnell, die Planen zusammenrollen, und ihr da, fangt schon mal mit den Ankern an!" ruft der Stallmeister Jorge, ein junger Mann mit aschblonden Haaren. Mit Hau-Ruck Rufen spornen sich die Kutscher gegenseitig an und haben in wenigen Minuten das Stallzelt verpackt.

In der Manege zeigen die Hengste, was sie gelernt haben. Brav drehen sie ihre Runden, der Dresseur schnalzt mit der Zunge, sie laufen nun entgegengesetzt, drehen Pirouetten und traben mit hochgezogenen Knien über niedrige Hindernisse. Auf ein Kommando bleiben alle stehen, drehen sich zur Mitte und erheben sich dann auf die Hinterbeine. Auf ein weiteres Kommando legen sich die acht Hengste nieder, ihre hellen Federbüschel werden eins mit dem gelben Sägemehl und das Licht geht bis auf einen einzelnen Spot auf den Mann in der Mitte aus. Dann geht das Licht wieder an, in wilder Jagd stürmen die Pferde noch einige Male um die Manege, dann geht der Vorhang auf und die Hengste verlassen in weit ausholenden Sprüngen das Chapiteau, während der Dresseur in der Mitte den Applaus des Publikums entgegen nimmt.

"Scheiße, die Pferde!" schreit in diesem Moment der Stallmeister. Zulange hat er seine Leute beim Abbau des Tierzeltes zurückgehalten, nun sieht er die Pferde aus dem Satteleingang stürmen und kein Kutscher ist dort, um sie abzufangen! Einem Traktor ausweichend, der soeben den Tigerwagen zum Bahnhof bringen will, und mit einem großen Sprung über einige am Boden liegende Strohballen setzend, sind die Pferde in Null-Komma-Nix über den Tierschauhof gefegt, vorbei an den schreienden und hinterher laufenden Kutschern, und mit wildem Hufgeklapper auf der Straße hinter dem Circusplatz in Richtung eines kleines Waldstückes unterwegs. Die hellen Federbüschel wippen aufgeregt und die wilde Horde verliert sich schon sehr bald hinter dem Wäldchen.

Jorge schnappt sich ein Bündel Führleinen und schreit:
"Mitkommen, los, los!"

Dann hechtet er in sein Auto, welches glücklicherweise noch nicht mit dem Campingwagen angekoppelt ist, drei seiner Leute drängen sich auf den Rücksitz und los geht die Fahrt.

"Scheiße, verfluchter Mist, wie konnte das nur passieren, ich fass das nicht, wie war denn das nur möglich…!"

"Wo sind die Biester hin, ich seh' nichts mehr!"

Der Jüngste, Dogan, hängt halb aus dem Seitenfenster und gestikuliert.

"Da, da, ich glaube, ich seh was!"

Zwei Scheinwerferpaare, die ihnen auf der engen Straße entgegenkommen, beleuchten die Szene: Acht Pferdeleiber, die, als hätten sie die Straßenverkehrsordnung gelesen, brav auf der rechten Fahrbahnseite flott unterwegs sind, mit wippenden Federbüscheln und hell glänzendem Ledergeschirr, einer hinter dem anderen. Der erste Fahrer bekommt bei diesem ungewöhnlichen Anblick einen solchen Schreck, dass er sein Steuer rasch nach rechts lenkt und mit einem Hopser und einem schmatzenden Geräusch in dem schlammigen Acker neben der Straße landet. Der zweite Fahrer macht eine Vollbremsung und kann gerade noch verhindern, dass er ebenfalls von der Fahrbahn abkommt. Die Hengste brechen abrupt nach rechts aus, setzen mit eleganten Sprüngen über den Straßengraben und galoppieren fröhlich über das weite Stoppelfeld.

Jorge bremst.

"O Mann, was jetzt?"

Seine Leute sind da schon aus dem Auto gesprungen und nehmen die Verfolgung zu Fuß auf. Jorge bezweifelt, dass sie Erfolg haben werden, aber mit dem Auto geht es auch nicht weiter. Während er noch sinnend hinter dem Lenkrad sitzt, glaubt er, seinen Augen nicht zu trauen. Hinter ihm, quer über das Feld und in weiten Sprüngen galoppierend, sieht er eine weiße Gestalt, fast fliegt das Pferd und die Frau darauf...er muss sich zweimal über die Augen wischen, bevor es ihm wieder einfällt. Vor der Freiheitsnummer war doch noch Sarah mit der Hohen Schule im Programm aufgetreten und das ist es was er nun sieht: Sarah, in voller Vorstellungsmontur auf dem Lipizzanerhengst, wie sie hinter den Ausreißern her galoppiert. Fast hätte er gelacht, aber nur fast.

Dann gibt er wieder Gas und findet wenige hundert Meter voraus einen Feldweg, der ebenfalls rechts abbiegt, am Ende kann er geduckte Häuser ausmachen, wahrscheinlich ein Bauernhof, denkt Jorge noch, dann brettert er den Feldweg hinab und hofft inständig, dass sich die Pferde auf dem Hof müde gelaufen haben.

Als er auf dem Bauernhof ankommt, bietet sich ihm ein Bild, wie er es sich nie hätte ausdenken können. Die acht Hengste drängen sich in einer Ecke zwischen der Scheune und dem Wohnhaus zusammen. Bis unter den Bauch sind sie voll Schlamm bespritzt, einige Federbüschel haben die wilde Jagd nicht überlebt, andere hängen nur noch an einem Faden. Am Hofeingang tänzelt der Lipizzanerhengst Siglavi und wacht darüber, dass keiner der Ausreißer noch einmal entwischt. Am Unglaublichsten aber ist die Hühnerschar, die wild gackernd über die abendliche Ruhestörung auf dem Hof hin und her rennt und vor diesen wilden Hennen haben die stolzen Hengste einen solchen Respekt, dass sie gehörigen Abstand halten und sich nicht aus ihrer Ecke heraus wagen. Soeben hastet, hustend und keuchend, auch Jorges Stallmannschaft um die Hofecke.

Hinter dem hell erleuchteten Küchenfenster drängen sich einige Gesichter, ein altes Mütterlein öffnet zögernd die Tür, schlägt sie aber schnell wieder zu und Jorge hört den schweren Riegel einrasten.

"Ganz ruhig, jetzt, bewegt euch langsam!" fordert er. Mit beruhigenden Worten nähert er sich den aufgeregten Pferden, seine Leute hinter ihm.

Paul tritt entnervt nach den gackernden Federvieh.

"Ruhe, jetzt, ihr blöden Hühner!"

Was aber nur zur Folge hat, dass der Geräuschpegel noch ansteigt und sich jetzt auch ein schwarzer Mischlingshund einmischt. Mit einem wilden Satz hechtet er nach einem der herunterhängenden Federbüschel, dummerweise ist da noch ein Pferd am anderen Ende. Den Büschel bekommt der Hund zu fassen, aber der Hengst springt mit einem Satz über den Störenfried hinweg und jagt auf den Hofausgang zu.

"Packt zu, packt zu!" ruft Jorge und flink greifen seine Leute die sieben anderen Hengste an der Trense und am Ausbindezügel und halten sie fest.

"Hab ihn!" ruft da eine Stimme vom anderen Ende des Hofes. Sarah! Die hat Jorge schon ganz vergessen. Doch sie hat den Flüchtling an der Trense gepackt und hält ihn nun, ihren Lipizzaner beruhigend, mit fester Hand am Zügel.

"Na, das nenn ich Reaktion!" lobt Jorge und erlaubt sich einen erleichterten Atemzug. Schnell organisiert er den Abzug.

"Du nimmst Orion und Mars, hier noch einen Zügel…hier, halte den so rum, Pegasus und Pluto nimmst du, …komm her, Dogan, du nimmst nur den Jupiter, Sarah, kannst du den Merkur zum Platz zurück nehmen…warte, ich geb dir noch die Longe mit, …und ihr …, nee, warte, du fährst mein Auto zurück, und keine Beule, sonst setzt es was…ich laufe mit euch, Uranus und Saturn, kommt Jungs, marsch, gehen wir!"

Entschlossen machen sie sich auf den Heimweg, die Pferde friedlich und erschöpft, die Männer nicht ganz so friedlich, aber ebenfalls erschöpft. In Gedanken überlegt Jorge schon, was noch alles zu tun sei. Sie müssen die Pferdebeine abwaschen, auf Verletzungen überprüfen, die schweißnassen Leiber trocken reiben, dann alle Mann ab zum Bahnhof. Die verlorenen Büschel, oh Mann, das gibt morgen ein Palaver, so schnell kriegen sie keine Neuen. Geschirre und Trensen müssen morgen auch grundgereinigt werden, hoffentlich sind sie nicht auch kaputt… Sarah und Siglavi, wenn sie nicht gewesen wäre…, da muss er morgen ein Geschenk besorgen, mutig, mutig, wie im Kostüm hinter den entlaufenden Hengsten her ist, ach, Gott sei Dank, da ist der Circusplatz. Erleichtert sieht Jorge die Lichter des Chapiteau, hört Musikfetzen durch die immer schneller sinkende Dämmerung und dankt allen erreichbaren Geistern und Göttern, dass die Pferde diesen Ausflug unbeschadet überstanden haben.

Heinz und seine Pferde

Vor dem Zeitalter der Motorisierung hatten viele gehobenere Haushalte Pferdegespanne. Wenn man nicht selber kutschieren wollte, hatten die Herrschaften einen Kutscher, vergleichbar mit dem heutigen Chauffeur. Das Stallpersonal kümmerte sich um die Tiere im Stall, der Kutscher um die Fahrten, um das Zuggeschirr und die Kutsche selber. Bei weniger betuchten Herrschaften gab es kein Stallpersonal, da erledigte der Kutscher auch die Arbeiten im Stall. So hat sich der Begriff "Kutscher" für das Stallpersonal etabliert. Im Circus sind alle Tierpfleger "Kutscher", ob nun im Pferdestall, im Exoten- oder auch im Elefantenstall. Selbst die Raubtierpfleger werden Kutscher genannt.

In einem reisenden Pferdestall hat ein Kutscher etwa vier bis sechs Tiere zu versorgen. Hat der Stall 30-40 Tiere sind vielleicht drei erfahrene Kutscher, die schon länger dabei sind, dort beschäftigt, der Rest sind sogenannte "Durchgangsleute", die vielleicht eine Saison oder gar nur ein paar Monate bleiben. Denn die Stallarbeit im Circus ist Schwerstarbeit und die Romantik und das Abenteuer bleibt dabei meist auf der Strecke. Arbeit ohne Ende, an Auf- und Abbautage auch bis spät in die Nacht, bei Regen, Wind, Eis, Schnee oder sommerlicher Hitze.

Heinz ist schon länger dabei, er gehört zum Stammpersonal, ohne ihn kann man sich den Pferdestall gar nicht mehr vorstellen. Ein altersloser Muffel mit einer Landkarte als Gesicht, herabgezogenen Mundwinkeln, die ohne eine allgegenwärtige Zigarette darin seltsam leer und nackt wirken. Seine Absätze sind schief gelaufen und seine Jacke ist von undefinierbarer Farbe. Er überquert den Circusplatz ohne Gruß und ist wahrscheinlich der unfreundlichste Mensch auf dem ganzen Platz.

Doch seine Lipizzaner haben ein Fell aus glänzendem Silber, die Hufe stets poliert und gefettet, Mähne und Schweif seidig gebürstet. Um sieben Uhr morgens knotet er als erster die Stallleinwand auf und beginnt mit dem Füttern der Pferde. Die Uhr kann man nach ihm stellen, egal, welches Wetter herrscht und ob Abbau- oder Aufbautag ist. Um sieben Uhr bekommen die Pferde Futter und Heinz ist dabei. Er fährt danach drei hoch aufgeschichtete Karren mit Mist aus dem Stall, gibt den Tieren neues Stroh und säubert den Weg vom Stallzelt bis zur Manege. Änderungen in der Routine werden durch den Stallmeister kund getan. Jemand anders darf Heinz nichts sagen, das verbietet er sich.

"Heute müssen auch die Steigerpferde in die Probe, sorg doch dafür, dass sie um neun Uhr aufgeschirrt in der Manege sind!" sagt der Stallmeister zu ihm.

Die jungen Hengste müssen sowieso jeden Tag longiert werden, aber jetzt auch noch die Steiger, da kann er vorher nicht mit dem Putzen beginnen. Seine Mundwinkel sinken noch eine Etage tiefer, aber er kümmert sich darum.

Da wird es nachher knapp mit der Zeit, denn heute wollte er auch die Schweife waschen. Während er aufschirrt wird zwischendurch immer wieder die Schaufel in die Hand genommen, um den frischen Mist aus dem noch neuen Stroh zu entfernen.

Heinz hört, wenn eines der Tiere mistet, die Jungspunde, die daneben stehen und glotzen, wohl nicht. Da kann es schon vorkommen, dass die Stiefel fliegen und die rückwärtige Seite des Unaufmerksamen treffen: "Hast es nicht plumpsen hören, du taube Pflaume!" Er ist nur am Schimpfen mit den "Durchgangsleuten", sie können es ihm nie recht machen.

Aber wenn er seine Pferde putzt…Strich für Strich holt er den Schmutz aus dem Fell. Liebevoll kräftig bürstet er die kurzen

Haare, geht vorsichtig mit der Kardätsche unter den empfindlichen Bauch, streicht lange Striche über Kruppe und Flanke. Vorsichtig geht er mit der weichen Bürste über den Kopf, hält sanft die Ohren und den Mähnenkamm fest. Den großen Kamm für Mähne und Schweif führt er zärtlich und sorgsam löst er Knoten und Verfilzungen. Seine schwieligen Hände mit den abgebrochenen Nägeln, die dicke Trauerränder aufweisen, bürsten und polieren, am Ende wird noch mit einem weichen Tuch das allerletzte Staubkörnchen von dem glänzenden Fell gewischt.

Heinz redet mit seinen Mitmenschen eher wenig. Einen vollständigen Satz bekommt man nur in Ausnahmefällen von ihm. Keiner weiß, wo er herkommt oder was er vor seiner Zeit im Circus getan hat. Er ist vielleicht schon 20 Jahre oder länger an dem Geschäft, niemand kann sich an ihn anders als griesgrämig und als Kutscher erinnern. Er verliert darüber kein Wort. Damals nicht und heute auch nicht.

Wenn der Abbautag kommt und der Tag kein Ende nehmen will, dann nimmt er seine Pferde und zieht mit im Tross der anderen Tiere zum Bahnhof. Elefanten, Zebras, Kamele, Ponys und Büffel werden in Güterwaggons verladen und in die nächste Gastspielstadt gefahren.

Heinz in seinem Parka mit dem graugrünen Schlapphut ist eine gewohnte Erscheinung zwischen den Pferden. Sie folgen ihm stets gehorsam, für sie scheint er einer von ihnen zu sein. Sind dann alle Tiere in den Waggons verstaut, dann bereitet sich Heinz ein Bett aus Strohballen zwischen den Pferden und Zebras.

Vor dem Einschlafen noch ein Schluck aus dem Flachmann, im Waggon ist keine Zigarette erlaubt. Ein Ohr ist auch im Schlaf immer wach und horcht nach ungewöhnlichen Geräuschen. Er steht nachts einmal auf und schüttelt neues Heu in die Raufen. Dann noch ein Schluck und ab aufs Strohlager.

In seinem Leben gibt es nur noch die Pferde. Er selbst ist sich völlig unwichtig. Weder Reinlichkeit noch Gesundheit haben für ihn Gewicht, sein Leben sind die Tiere. Mit dem kargen Lohn gönnt er sich ab und zu eine Flasche, seine Zigaretten und sonst gibt er es für Zucker und Möhren für die Pferde aus.

Jeder im Circus kennt Heinz, aber niemand weiß wer er ist. Eines Morgens wird er tot auf seinem Strohbett im Güterwaggon gefunden. Es stellt sich heraus, dass sogar sein Name falsch war und keine Verwandten gefunden werden können, die ihn betrauern. Nur seine Pferde, die vermissen ihn.

Die Bärenfänger

Eine stürmische, regengepeitschte Januarnacht im englischen Manchester. Außerhalb des Stadtzentrums liegt der Park Bellevue, zwischen Nebelfetzen erheben sich geisterhafte Schatten von Achterbahnen, Karussells und mitten zwischen ihnen kauert das gewaltige Circusgebäude. Ein loses Eisenteil der Wasserbahn klappert gleich einem torkelnden Gespenst durch die Nacht. Ein Hund heult jämmerlich, mal lauter und mal leiser trägt der Wind seine Stimme im Park umher. Nasses Laub liegt auf dem fahlen Rasen und aus jahrhundertealten Baumwipfeln fallen sturmgeknickte Zweige zu Boden.

Durch ein fremdes Geräusch geweckt springt Tanja aus ihrem Bett und starrt in das Dunkel. Rund um das Circusgebäude stehen die vielen kleinen Wohnwagen, aus vielen fällt noch der Schein eines späten Lichts. Es scheint das einzig freundliche Leben zu dieser kalten und ungemütlichen Nachtstunde zu sein. Da, direkt neben dem Fenster, am Fuße des Baumes, da bewegt sich doch etwas! Bei näherem Hinsehen kann sie ein zotteliges Fell ausmachen, das sich anscheinend hin und her bewegt.

"Bille, Bille, wach auf!" Panisch rüttelt sie an der Schulter der Freundin, die im Nebenbett schläft.

"Mmmmmh, nee, noch nicht, ist noch nicht Zeit zum Füttern!" brummt diese vor sich hin, schon in Gedanken am frühen Morgen, wenn die Pferde auf ihr Futter warten.

"Mensch, Bille, schnell, da ist ein großes Tier vor unserem Wagen!"

Da ist Bille aber wach. Sie starren beide durch die mit dicken Regentränen benetzte Scheibe nach draußen. Tanja packt die Ältere am Arm.

"Da, da, direkt am Baum siehste??!"

Ja, wirklich, Bille erkennt nun auch den Zottelberg, der sich sanft auf und ab bewegt.

"Was machen wir jetzt? Ob der aus dem Zoo ausgerückt ist?"

"Gleich hinter der Achterbahn ist der Bärenzwinger!"

"Ich weiß!"

"Der ist bestimmt von da ausgerückt. Mann o Mann, was machen wir jetzt bloß?"

Tanja öffnet vorsichtig das winzige Fenster über der Tür um besser sehen zu können. Ganz deutlich können die Mädchen ein lautes Brummen vernehmen. Blitzschnell schließen sie das Fenster wieder. Da geht im Campingwagen gegenüber das Licht an. Die Tür öffnet sich und die Drahtseilartistin Mary kommt heraus, sie bückt sich, um ihre Schuhe anzuziehen.

"Mary, psssst, psssst!" flüstern die beiden so laut wie man nur flüstern kann. Dabei zeigen sie auf den großen, braunen Fellberg, der sich inzwischen ganz nah an den moosbewachsenen Baumstamm gewälzt hat.

"Mary, Mary, psssst!" Mary dreht sich verschlafen um. In diesem Moment brummt der dicke braune Berg wieder ganz laut und bewegt sich. Wie der Blitz ist Mary wieder in ihrem Camping und vorsichtig öffnet sie ebenfalls das winzige Fenster. Nun starren alle Drei auf den Fellberg.

"Mary, komm zu uns rüber!"

"Mann, hab ich 'ne Angst! Was ist das wohl, ein Bär?"

"Ja, der ist bestimmt von dem großen Bärenzwinger hinter der Achterbahn! Pass auf, bei drei machen wir die Tür auf und dann rennste schnell zu uns rüber!"

Nun ja, denkt Mary, vier große Schritte, dann bin ich drüben. Dann bin ich wenigstens nicht alleine im Wagen. Dann ertönt Tanjas Stimme: " Eins…..zwei……."

Und bei drei reißen alle die Türen auf, Mary rennt aus ihrem Wagen in den Camping der Mädchen und schnell schlagen sie die Tür wieder zu.

"Mist, meine Tür ist offen geblieben, was wenn der da reingeht!" Mary ist entsetzt.

"Macht nix", beruhigt sie Bille, "dann rennen wir raus und schmeißen die Tür zu und dann ist der gefangen!"

Tanja kichert.

"Was machen wir jetzt nur? Da kommen sicher gleich noch einige Nachteulen nach Hause, was, wenn der dann immer noch hier herumstreunert! Wir müssen doch irgendwie Alarm schlagen!"

Zwischen den Nebelfetzen kommt etwas Helles auf die Wohnwagen zu. Eine Gestalt in einem langen, weißen Hemd. Stille. Keiner der Drei sagt ein Wort, wagen kaum zu atmen. Man sieht keine Füße und auch keinen Kopf, einfach nur ein langes, weißes Hemd. Alle denken das gleiche: Ein Geist!

"Mensch, dieser Park ist schon unheimlich. Und jetzt auch noch der Bär!"

Wieder lautes Hundegeheul aus der Ferne. Es klingt wie echtes Wolfsgeheul. Dann wirft der Wind einen dicken Ast auf das Campingdach. Erschrocken rutschen die Mädchen noch näher zusammen.

"Ich halte das nicht aus", jammert Tanja. "Das ist doch ein richtiger Gespensterpark!"

Das weiße Hemd gewinnt an Konturen und sie erkennen Darix mit seinem langen, hellbraunen Ledermantel. Blitzschnell ruft Bille aus dem Fenster:

"Darix, pass auf, da liegt ein Bär, lauf schnell und sag Meike Bescheid!"

Trotz Nebel, Nacht und Alkohol reagiert Darix blitzschnell. Schon ist er verschwunden und die Mädchen hören, wie er an einem entfernten Wohnwagen laut und fordernd klopft.

"Gut, jetzt holt er Meike, der kann mit Raubtieren umgehen!"

Der Raubtierdompteur Meike ist dann auch schnell aus den

Federn und springt in Unterhosen aus der Tür.

"Was ist los!" verlangt er zu wissen.

"Drüben bei Bille und Tanja liegt ein Bär vor der Tür!"

"Ach du Scheiße!" flucht Meike, zieht schnell eine Jacke über und drängt seine beiden Hunde, die auch aus der Tür wollen, zurück.

"Nee, nee, ihr nicht!"

Mit einem dicken Stock bewaffnet, in Unterhosen und mit Winterjacke erscheint Meike nun in dem kargen Licht der Straßenlaterne. Vorsichtig schaut er um die Ecke und sieht den Fellberg bei Tanjas Camping.

"Mann, sieht der toll aus in Unterhosen!" spöttelt Tanja.

"Was er wohl mit dem Stock vorhat?" rätselt Mary.

"Wahrscheinlich will er den Bären dressieren!"

Die Mädchen haben nun keine Angst mehr, viel zu spannend scheint sich die Sache nun zu entwickeln. Und sie sitzen auf dem Logenplatz. Das gibt was zu erzählen morgen!!

Meike scheint die Sache nun doch nicht alleine angehen zu wollen, zumal sich Darix aus dem Staub gemacht hat. So schnell ihn seine Füße tragen rennt er zum Parkeingang, wo immer ein Polizist Wache schiebt. Nach wenigen Minuten kommt Meike wieder, den Polizisten und den Nachtportier im Schlepptau. Der Regen ist stärker geworden, der Wind hat die Nebelfetzen davon getragen und die Sicht ist nun besser. Der Polizist leuchtet mit einer starken Taschenlampe auf den Boden.

"Meinst du, der Bär friert bei dem Regen? Der muss doch auch nass sein?" kommt Tanjas aufgeregte Stimme.

"Du hast Sorgen!" antwortet Bille, doch sie lassen keinen Blick von dem Geschehen draußen.

Vorsichtig nähern sich die drei Männer dem Raubtier. Der Polizist hat einen großen, schwarzen Hund an der Leine, der im

Dunkel kaum zu erkennen ist. Nur das Halsband klirrt, seine Augen funkeln und sie hören sein aufgeregtes Hecheln. Der Nachtportier hält zudem seinen Gummiknüppel fest in beiden Händen, Meike trägt seinen Stock wie ein Schwert erhoben. Schritt für Schritt nähern sie sich, die Taschenlampe des Polizisten zerschneidet wie ein Leuchtstab die Dunkelheit vor ihnen, immer auf den Fellhaufen am Fuß des Baumes gerichtet.

„Der sieht aus wie Darth Vader!" kommentiert Mary.

Der Hund gibt keinen Laut von sich, wahrscheinlich steht der Wind falsch, sonst hätte er den Bären doch längst gewittert.

Zwei Schritte vor der dunklen Gestalt springt der Nachtportier vor, stupst das liegende Bündel an, so dass es zur Seite kippt und macht dann einen großen Satz rückwärts hinter den dicken Baumstamm.

"Angst hat er aber doch, trotz Leuchtschwert!" entfährt es Mary.

"Du vielleicht nicht?"

"Nee, hier drin doch nicht!"

Im schützenden Camping können sie gut lästern.

Der runde, braune Fellklumpen richtet sich langsam auf, brummt Furcht einflößend, rülpst einmal laut und lehnt sich dann mit dem Oberkörper an den Baum.

Bevor die drei Bärenfänger reagieren können, ertönt aus Billes Camping lautes, befreiendes Lachen. Tanja und Mary fallen ein. Der vermeintliche Bär richtet sich auf, in einer Hand eine Schnapsflasche, in der anderen eine Zeitung und torkelt auf den Polizisten zu. Der schreit ihn herrisch an.

"Stop!"

Aber der betrunkene Mann mit dem Fellmantel ist nicht in der Lage, irgendeinem Befehl zu folgen. Er sackt auf die Knie und rutscht zur Seite. Dabei beginnt er wieder zu brummen wie ein Bär. Meike lacht nun auch und lässt seinen Knüppel sinken.

Der Polizist ist allerdings "not amused". Für ihn ist dieser Mensch ein Unruhestifter und den muss er zur Rechenschaft ziehen. Er packt ihn an Kragen und versucht, ihn auf die Beine zu stellen. Doch der Mann sackt immer wieder in sich zusammen, wie eine Gummipuppe.

"Ich brauche Verstärkung, " entscheidet der Ordnungshüter und fordert über Funk einen Streifenwagen an. So lange stehen die drei Männer um den Betrunkenen herum, der Hund sitzt brav daneben und beäugt die Gestalt nur ab und zu misstrauisch.

"Bille, erkennst du den Typen wieder?"

"Klar, der hat sich doch die letzten Tage hier herumgetrieben, neulich stand er vor dem Fenster und hat Grimassen geschnitten. Voll daneben!"

Der allseits bekannte Stadtstreicher wird dann nach etwa 20 Minuten von der Streife abgeholt und auf's Revier gebracht, wo er die Nacht in einer warmen Zelle verbringen darf. Die übrigen Artisten, durch den Aufruhr nun alle hellwach, kommen aus den Campingwagen und die ganze Geschichte muss mehrere Male erzählt werden, bis es alle genau wissen. Der nächste Tag bringt für Bille und Tanja viele Hänseleien.

"Passt auf, wenn ihr nach Hause geht, da sind wieder Bären unterwegs!"

Meike heißt nur noch der "Bärenflüsterer" und die drei Mädchen sind die "Bärenmamas".

Doch wer weiß, es hätte doch auch ein echter Bär sein können, oder?

Der Vorreisende

Der Festplatz liegt im sanften Vormittagslicht des warmem Frühlingstages. Hoch aufragende Pappeln und wuchtige Eichen säumen das große Geviert, auf der daran vorbei führenden Hauptstraße herrscht geschäftiges Treiben. Das mächtige blaurote Zelt, das genau mittig aufgebaut wurde, ist von zahlreichen, rot-weiß gestrichenen Wohnwagen umringt, langgezogene Stallzelte schließen den hinteren Teil ab und um das gesamte Areal zieht sich ein leuchtender, ebenfalls rot-weiß gestrichener Holzzaun. Am Haupteingang, dort wo Jan steht, ragt die Fassade in den blauen Himmel, ein Elektriker sitzt auf einer langen Leiter und wechselt einige der vielen tausend Glühbirnen. Rechts der Fassade steht der Kassenwagen, doch alle Fenster sind noch verschlossen, links der Fassade befindet sich ein langgezogener Bürowagen. „Anmeldung" steht an der geschlossenen Tür und ein Pfeil weist auf eine weitere Tür, die nur angelehnt scheint. Dahinter ist Schreibmaschinengeklapper zu hören und ab und zu ein kräftiger Fluch, aus dem geöffneten Fenster weht Zigarrenrauch.

Jan steht immer noch unschlüssig und sieht dem Elektriker zu. Seine Entschlossenheit, die ihn vor zwei Tagen gepackt hat, scheint im Angesicht der so kurz bevorstehenden Aktion, wie Sand in einer Sanduhr zu verrinnen. Seit zwei Tagen, seit er die Anzeige in der Zeitung gelesen hatte, die ihn hierher geführt hat, ist er voller Zuversicht und Tatendrang gewesen, und nun? Nun hat ihn sein Mut verlassen und am Liebsten würde er wieder heim gehen. Doch er hat kein Heim mehr, hat seine Arbeit, seine Wohnung gekündigt, nun, es war eh nur ein Minijob und ein Platz in einer WG, hat alles über Bord geworfen, weil er auf die Anzeige reagierte, weil er deswegen nun hier steht und plötzlich weiche Knie bekommen hat.

„Junger Mann zu sofort zum Mitreisen gesucht, Bürokenntnisse und Führerschein erwünscht."

So hatte es in der Zeitung gestanden und Jan hatte sich gesagt: „Jetzt oder nie! Hier kriege ich doch nie einen richtigen Job, hangele mich von einem schlecht bezahlten Aushilfsjob zum Nächsten, liege dem Staat auf der Tasche und habe mit Mitte Zwanzig immer noch nichts vorzuweisen! Führerschein hab ich, tippen kann ich auch und der Rest wird ja wohl erlernbar sein!"

Das Geklapper aus dem geöffneten Fenster verstummt und undeutliches Gemurmel dringt nun in die frische Frühlingsluft. Die Tür öffnet sich und ein schmaler, sichtlich genervter Mann steht auf der Schwelle, die halb gerauchte Zigarre noch im Mundwinkel. Seine spärlichen Haare sind mattbraun und das geöffnete Hemd hat er bis über die Ellenbogen hochgekrempelt.

„Was stehen Sie denn hier rum? Haben Sie keine Arbeit?"

Dann fällt sein Blick auf Jans dunkelblaue Reisetasche, die er zu seinen Füßen abgestellt hat.

„Arbeiten Sie hier?"

„Nein,...ääh..., also ich wollte...das ist nämlich so...also die Anzeige,... in der Zeitung!" stammelt Jan und er wird rot. Der Mann auf der Bürotreppe nimmt seine Zigarre aus dem Mundwinkel und seine Lippen zucken verdächtig.

„Junger Mann, ich suche einen Fahrer und keinen Halbwüchsigen, den ich herumkutschieren muss!"

Trotzig wirft Jan seine etwas zu langen, blonden Haare zurück und streckt seine 1,80 Meter um einige Zentimeter höher.

„Ich bin 26 und habe einen Führerschein!"

Innerlich verflucht er seine jungenhafte Erscheinung, wie schon öfter in den letzten Jahren. Will er sich ein Bier kaufen, dann verlangen die Wirte meistens seinen Ausweis zu sehen, bevor sie sich an das Zapfen geben.

Jetzt lächelt der Mann sehr amüsiert..

„So, so, haben Sie das."

Er kommt die Treppe hinunter und Jan merkt, dass er die schmächtige Gestalt um nur wenige Zentimeter überragt. Der Händedruck dagegen ist erstaunlich kräftig.

„Marius Oldenhagen, und Sie sind?" stellt er sich vor.

„Jan Fernkorn!" Jans Stimme ist brüchig und spiegelt seine Aufregung wider.

„So, so, Jan Fernkorn, Sie wollen also hier anfangen. Wie steht es denn mit Bürokenntnissen?"

„Äähh, vorhanden!"

„Na ja, das sehen wir dann. Kommen Sie mit!"

Marius geht voraus, Jan greift hastig nach seiner Reisetasche und folgt ihm, fast wäre er dabei über eine Abseglung des Zeltes gestolpert. Hinter einer ordentlich ausgerichteten Reihe von Traktoren und Zugmaschinen stehen zwei Pkw's, ein schwarz glänzender Mercedes mit reichlich Chromverzierungen und ein ziemlich verstaubter Volvo-Kombi von undefinierbarer Farbe. Durch die Seitenfenster kann Jan etliche Kartons und Plakate sehen, zwei Koffer liegen dort und auf der Rückbank stapeln sich leere Kekspackungen, Getränkeflaschen und mehr als ein halbes Dutzend Pizzaschachteln. Marius wirft Jan den Autoschlüssel zu und zeigt auf den Volvo.

„Die Tasche hinten rein und dann los. Ich mache das Tor auf!"

Nervös fingert Jan die Autotüre auf. Er weiß, dass es jetzt darauf ankommt, Marius will ihn testen, natürlich, will sehen, ob Jan tatsächlich fahren kann. Hoffentlich ist der Wagen gut zu lenken, all zu viel Fahrpraxis hat er nicht, denn zu einem eigenen Auto hat es nie gereicht. Mit einem Blick überfliegt er die Armaturen und den Schaltknüppel. Ein Automatik, Gott sei Dank, denkt er, damit komme ich zurecht.

Marius schiebt indes das breite Tor auf und Jan bugsiert den Wagen hindurch. Einmal heult der Motor auf, denn er hat zu viel Gas gegeben, aber Marius sagt nichts und steigt ein.

„Wohin?" fragt Jan.

„Fahren Sie einfach, ich sag dann schon was!"

Vorsichtig fädelt Jan sich in den dichten Verkehr ein und lenkt dann Richtung Stadtrand, bloß nicht ins Zentrum, denkt er, erst einmal nach draußen, da kann ich den Wagen kennenlernen. Bald schon wird die Fahrbahn leerer und die Häuser an beiden Seiten werden spärlicher. Jan gewinnt an Zutrauen und beschleunigt. Da Marius nichts sagt, fährt er einfach geradeaus.

„Das reicht, kehren Sie um!"

Erschrocken blickt Jan zur Seite, doch er kann aus der Miene des älteren Mannes nichts erkennen. Hat er es gut gemacht oder verbockt?

„Haben Sie Hunger?"

„Schon...!"

„Fahren Sie hier rechts und die dritte Straße wieder rechts, da ist ein gemütliches Cafe, dort können wir frühstücken!"

Jan folgt den Anweisungen und bald steht der Volvo auf einem abgelegenen Waldparkplatz und Jan und Marius haben sich an einem Tisch in der fast leeren Schankstube niedergelassen. Zwei Tische weiter sitzen drei ältere Damen und lassen sich große Stücke Sahnetorte schmecken, durch die geöffnete Tür weht ein sanfter Frühlingshauch herein und emsiges Vogelgezwitscher ist zu hören.

„Falls wir uns einig werden: Marius!"

„Äähh, ja, Jan!" und er ergreift die trockene Hand des

Älteren. Dann bestellen sie.

„Worin würde denn nun meine Aufgabe bestehen?" Jan möchte endlich wissen, woran er ist.

Marius blickt auf.

„Na ja, falls wir uns einig werden..." lächelt Jan. Langsam fasst er Vertrauen zu der Situation und fühlt sich nicht mehr so unsicher.

„Ich bin Vorreisender an diesem Geschäft. Kannst du dir vorstellen, was das ist?"

„Wahrscheinlich reist du vor...?"

„Genau, ich reise dem eigentlichen Circusbetrieb voraus und kümmere mich unter anderem um die Plätze, auf denen der Circus dann spielen wird!"

„Aha, und was würde ich dabei tun?"

„Hauptsächlich brauche ich einen Fahrer, später kannst du mir beim Bürokram helfen und einige der Aufgaben übernehmen. Mir geht es nicht mehr so gut und wahrscheinlich muss ich im Herbst für einige Wochen ins Krankenhaus, aber bis dahin fließt noch reichlich Wasser den Rhein hinunter. Allerdings wären wir die meiste Zeit auf Achse und würden in Hotels schlafen, also für Familie, Hobbys oder Freizeit bleibt nicht viel Raum!"

„Das ist schon okay!" bemerkt Jan. „Wenn die Arbeit Spaß macht, dann werden Hobbys eh überflüssig. Ich bin ledig und auch sonst ungebunden!"

„Gut, pass auf. Ein solch großes Unternehmen kann nicht einfach in eine Stadt fahren und dort die Zelte aufstellen. Solche Tourneen müssen mehrere Jahre im Voraus geplant werden. Am Günstigsten ist es, wenn eine Stadt gut gelaufen ist und man sofort den nächsten Termin festmachen kann, so in vier oder fünf Jahren. Wenn wir Glück haben, dann werden sich die Umstände bis dahin nicht grundlegend geändert haben und dann habe ich nicht viel Arbeit. Meistens aber ist das nicht so..."

„Warum das denn, der Platz läuft doch nicht weg, oder?"

„Schon, aber vielleicht sind Teile überbaut worden, dann ist der zur Verfügung stehende Platz zu klein geworden. Oder sie haben eine Tiefgarage darunter gebaut, dann können keine Anker mehr geschlagen werden. Möglicherweise befindet sich auch eine Baustelle an der Einfahrt und unsere Transporte können nicht auf den Platz. Oder es ist ein Wiesenplatz und es hat geregnet, dann wird der Untergrund zu weich und der Platz ist unbespielbar. Deshalb muss ich ein paar Wochen vor dem Gastspieltermin noch einmal hinfahren und nachschauen, ob alles noch so ist, wie es vereinbart wurde."

„Aha, klingt plausibel!"

„Wenn wir eine neue Stadt anfahren, also wo wir noch nie gespielt haben, dann muss natürlich ganz von vorne begonnen werden. Zuerst ein mal geht's ins Rathaus, zum Ordnungsamt, und da frage ich nach, ob der städtische Festplatz frei ist, wenn nicht, dann muss ich einen privaten Platz suchen, der groß genug ist und alle nötigen Kriterien aufweist!"

„Die da wären?"

„Nun, wir brauchen einen Stromanschluss, einen Hydrant für die Wasserversorgung und Abwasserkanäle für das Brauchwasser und die Toiletten. Dann muss der Platz festen Untergrund haben und eine vernünftige Zufahrt. Optimal wäre ein gewisser Bekanntheitsgrad bei der Bevölkerung, denn wir wollen ja, das das Publikum uns auch findet. Eine Bushaltestelle nicht zu weit entfernt und genügend Parkplätze sollten auch vorhanden sein."

„Und die Festplätze haben das alles?"

„Natürlich, da gibt es gar kein Vertun, ein Festplatz ist immer die bessere Lösung, obwohl die Kosten höher sind!"

„Aber warum nehmt ihr dann nicht immer den Festplatz, wäre doch praktischer?"

„Sicher, aber nicht immer machbar. Festplätze werden in der Regel nur zweimal pro Jahr an Circusunternehmen vergeben, denn man will so ein Überangebot verhindern. Stell dir vor, da käme alle zwei Wochen ein anderer Circus, die Leute würden gar nicht mehr hingehen. Dann sind diese Plätze auch oftmals als zentrale Parkplätze genutzt und bringen der Stadt mehr Einnahmen. Andere Veranstaltungen wollen auch auf den Festplatz: Kirmes, Stadtfeste, Wochenmärkte oder Großveranstaltungen. Da müssen wir sehen, dass wir immer rechtzeitig einen passenden Termin festmachen!"

„Hier baut die Kirmes meistens mitten in der Stadt auf, ganze Straßen werden dafür abgesperrt!"

„Ja, aber wie du dir vorstellen kannst, kann ein Circus das nicht, wir brauchen einen zentralen Platz, wir können uns nicht so ausbreiten wie eine Kirmes mit vielen kleinen Fahrgeschäften und Buden!"

„Gut, das ist einleuchtend. Wenn du dann einen passenden privaten Platz gefunden hast, was dann?"

„Na ja, dann muss ich zuerst mal heraus finden, wem der gehört. Dann müssen die Umstände geklärt, Verträge ausgehandelt werden usw. Wenn die Fläche nicht ausreichend ist, dann muss ich noch einen Platz suchen, auf dem die Packwagen, eventuell auch die Artisten- oder Mannschaftswagen abgestellt werden können. Danach brauche ich für den Circusplatz den Lageplan, also ob unter dem Platz Leitungen verlaufen, Strom, Wasser oder Gas.!"

„Puh, das ist ja ganz schön aufwendig!"

„Ja, aber das muss sein. Als ich anfing, da war ich so ein Frischling wie du, da hab ich den Lageplan mal verkehrt herum gelesen und als dann der Circus kam und die Anker eingeschlagen hat, da haben sie die Stromleitung getroffen und das gesamte Stadtviertel lag im Dunkeln. Mensch, das wurde teuer und Ärger hat es auch gegeben!"

Marius lachte, doch Jan wurde blass.

„Musstest du für den Schaden aufkommen?"

„Nein, für solche Fälle gibt's eine Haftpflichtversicherung, aber trotzdem...unangenehm war es doch. Das ist mir nie wieder passiert, das kannst du mir glauben!"

„Na gut, jetzt sind wir an dem Punkt, an dem der Circus kommen kann, oder?"

„Nee, noch nicht. Wenn das alles geklärt ist, dann sind die erforderlichen Genehmigungen dran. Allen voraus die Spielgenehmigung, die Ausschankgenehmigung für die Gastronomie, die Stromgesellschaft muss den Anschluss rechtzeitig legen, ebenso Wasser und Telefon. Die Plakatiergenehmigung muss eingeholt werden, wir brauchen die Adressen der lokalen Futterhändler, Getränkelieferanten und Großmärkte, Bauern müssen kontaktiert werden wegen der Abholung von Mist und die Müllabfuhr muss organisiert werden!"

„Wie kannst du dir das alles merken? Das ist ja gigantisch!"

„Halb so wild. Für jede Stadt, die wir jemals angefahren haben, existiert ein Stadtbericht, ein Ordner mit allen erforderlichen Informationen. Darauf können wir jederzeit zurückgreifen, die Daten aktualisieren, hinzufügen oder abändern. Deshalb ist es wichtig, die geplanten Gastspielstädte vor dem Circus noch einmal anzufahren, anhand des Stadtberichtes wird alles kontrolliert, dann geht der Ordner ans Geschäft und das Büro hat alles Nötige vor Ort!"

„Und wir sind dann immer unterwegs oder wie habe ich mir das vorzustellen?"

„Etwa vier bis fünf Tage die Woche. Dann kommen wir für

einige Tage hierher, also dorthin, wo der Circus gerade ist, besprechen die wichtigen Dinge, bringen die Stadtberichte auf Vordermann und dann geht's wieder los. Bei sechzig bis achtzig Gastspielstädten pro Saison kommen da allerhand Kilometer zusammen. Ich habe eine kleine Wohnung im Winterquartier, wenn es wirklich mal ruhiger ist, beispielsweise wenn der Circus mehrere Wochen an einem Platz bleibt, dann kann ich da auch mal ein paar Tage ausspannen."

„Warst du immer schon an diesem Circus?" will Jan nun wissen und trinkt seinen Kaffee aus, dann bestellt er sich noch ein Kännchen.

„Als ich anfing schon, dann bin ich aber für ein paar Jahre ins Ausland, erst nach Frankreich, dann nach Skandinavien hoch, wollte mal was anderes sehen!"

„Und da hast du auch die Vorreise gemacht?"

„Nein, da brauchen die keinen Vorreisenden!"

„Wieso das denn nicht? So wie du das erzählst, ist das doch ein enorm wichtiger Job?"

„Die ganze Struktur der skandinavischen Circusunternehmen ist anders. Dort bleiben sie nur einen Tag am Platz und bespielen meistens die selben Städte zur selben Zeit in jedem Jahr. Da ändert sich nichts, meistens werden die Schulen an diesem Tag geschlossen und der Circus baut auf dem Schulhof auf, da ist es üblich, dass an diesem Tag der Circus kommt und alles stellt sich darauf ein. Ich war in Norwegen bei der Reklamekolonne, wir haben aber auch die Platzreinigung gemacht und den Transport mit gefahren!"

„Nur einen Tag? Das stelle ich mir aber enorm anstrengend vor!"

„Halb so schlimm. Jeden Morgen um halb sechs sind wir losgefahren, alle in Kolonne. Auf dem neuen Platz waren schon die Masten aufgestellt und die Anker geschlagen, denn davon hatte der Circus zwei Sätze. Ruck-zuck stand auch das Zelt und mittags war alles piekfein und fertig. Abends um sechs war dann eine Vorstellung, danach war Abbau, der war um zehn Uhr beendet. Und am nächsten Tag um halb sechs gings wieder los. Der Circus reist dort nur sechs Monate, die meiste Zeit ist es auch nachts hell oder wenigstens dämmrig und die letzten vier Wochen standen wir in Oslo, also waren es eh nur fünf Monate. 130 Städte haben wir bespielt, aber es war viel ruhiger und entspannter als hier, das kann ich dir versichern!"

„Kaum vorstellbar!"

„Doch, doch, ich war dann auch noch zwei Jahre in Finnland, da war es ähnlich, nur ohne Berge, und in Frankreich, aber da dauert die Saison zehn Monate und ist ziemlich stressig, da bin ich nur ein Jahr geblieben. Dann bin ich wieder in die Heimat und seitdem hab ich den Job hier!"

Marius winkte der Kellnerin.

„Wir müssen los, ist noch einiges zu tun heute. Du kannst nach her erst mal das Auto entmüllen, dann in die Waschanlage fahren und tanken. Bring deine Papiere ins Personalbüro, wir fahren so gegen vier Uhr los!"

„Hab ich den Job?" Jan ging das alles irgendwie zu fix, oder hatte er etwas verpasst?

„Ach so, ja, hab ich das noch nicht erwähnt? Ich denke, ich kann dich brauchen, willkommen an Bord, Jan Fernkorn!"

Die schwarze Lady

Spätherbstliche Stürme fegen die letzten Blätter von den Bäumen, kahl und fröstelnd stehen sie am Wegesrand. Der Festplatz ist schlammig, nachts sinken die Temperaturen unter den Gefrierpunkt und lassen in den Morgenstunden die schmutzigen Pfützen mit einer dünnen Eisschicht zurück Die Sonne scheint nur noch mit schwacher Kraft und wagt sich des Morgens nur zögernd über den Horizont. Doch die lange Saison ist noch nicht vorbei, noch drei Städte müssen gespielt werden. Im Chapiteau werden schon früh am Vormittag die großen Umluftheizungen eingeschaltet, damit bis zur Nachmittagsvorstellung eine angenehme Temperatur erreicht werden kann. Der Portier hat sich einen extra Schal über die Livree gezogen, ach, es ist kein Spaß mehr, nicht bei diesem Wetter!

"Wer bei diesem Wetter noch in die Vorstellung kommt, müsste das Geld zurück bekommen für seinen Mut!" sagt er fröstelnd zum Stallmeister, der eben aus der Stadt zurückkommt und seine Einkäufe in einer großen Stofftasche mit sich trägt.

"Nun ja, bald haben wir´s ja überstanden! Wenn es bloß nicht schneit!"

"Ja, das fehlt gerade noch!"

Der Stallmeister zieht den Kopf tiefer zwischen die Schultern und hastet in Richtung seines Wohnwagens. Aber vorher wirft er noch schnell einen Blick ins Stallzelt.

"Alles in Ordnung hier?"

Die Pferde, warm zugedeckt und mit reichlich trockenem Stroh versehen, drehen die Köpfe in seine Richtung, dann senken sie die Schnauzen wieder und wenden sich ihrer Heuraufe zu.

"Na, Schwarzer, da bist du ja schon wieder!"

Er bückt sich und streichelt den kleinen Mischlingshund der ihn umwedelt. Seit sie in dieser Stadt sind, hat sich der Kleine immer wieder sehen lassen, er vermutet, dass der Hund auch im Stall schläft. Wahrscheinlich ein Streuner, denkt er und schließt seine Wohnwagentür auf. Jetzt ein ausgiebiges Frühstück, einige Tassen herrlichen Tees und dann muss noch so viel organisiert werden, jaja, Saisonschluss steht vor der Tür.

Der kleine Mischling schaut traurig auf die zufallende Tür, bleibt jedoch artig sitzen und hofft auf eine Einladung. Doch die kommt nicht und flink kriecht er wieder unter der Zeltplane hindurch in das warme Tierzelt, wo man so schön in tiefen Stroh kuscheln kann. Seit der Circus hier steht hat er eine trockene Bleibe bei den Pferden gefunden, nur auf den Mann, der komisch riecht, da muss er acht geben, denn der…

"Verfluchter Köter, verpiss dich!" schreit es da schon und ein schwerer Schuh kracht dicht neben seinem Ohr ins Stroh. Der Pferdepfleger kann Hunde auf den Tod nicht ausstehen und es wurmt ihn mächtig, dass dieser kleine Dreckskerl sich immer wieder ins Zelt schleicht.

Zögernd steht der Hund im Freien, da beginnt es zu regnen, eiskalte Tropfen klatschen auf seine Nase, schnell schleicht er sich unter den nächsten Campingwagen und legt den Kopf auf die Pfoten. Nachdenklich schielt er auf die großen Regentropfen, die vor dem Camping zu einer Pfütze zusammenlaufen. Später würde er sich wieder ins warme Zelt schleichen. Wenn der Mann nicht mehr aufpasst. Denn in diesem seltsamen Dorf, das so plötzlich aus dem Nichts erstanden ist, hat er zum ersten Mal eine Heimat gefunden, außer dem Mann jagt und tritt ihn niemand, viele geben ihm sogar zu fressen und seit seine heimatlose Zeit begonnen hatte, ist er zum ersten Mal nicht mehr ständig hungrig hat nicht ständig Angst. Der kleine Junge, der ihm gestern die Wurst gegeben hat, der hat ihn sogar gestreichelt, ach, das war schön!

Am nächsten Tag ist Abbau und als es dunkel wird, bauen viele Leute das schöne warme Zelt ab. Aber das stört den kleinen Stromer nicht, denn es ist lustig. Während die Leinwandteile zusammengerollt werden, springt er darauf und bellt, die Leute sprechen mit ihm, lachen über seinen Eifer.

"He schaut mal, der Kleine will uns helfen!"

"Komm her, schieb mal mit, ja, so ist's gut!"

Und der kleine Hund freut sich, alle sind so freundlich zu ihm und er hat in seinem jungen Leben noch nie so viel Spaß und Freude gehabt. Die Kälte und Nässe, die spürt er nicht, denn es ist eine lustige Nacht.

Wagen um Wagen wird zum Bahnhof gefahren, langsam wird es still auf dem verlassenen Circusplatz. Bald stehen nur noch einige Artistencampings am Rand und auch hier wird es bald dunkel. Ratlos steht der Hund mitten auf dem Platz. Wo ist nur sein warmes Nachtlager hin verschwunden? Es riecht doch noch nach Stroh, nach Pferden, doch er spürt nur Nässe und Kälte. Schnuppernd rennt er über den Platz, mal hierhin, mal dorthin. Der Regen setzt wieder ein und der Stromer will sich so eben unter einen Campingwagen verkriechen, um wenigstens vor der Nässe geschützt zu sein.

In diesem Moment fällt eine breite Lichtbahn auf ihn, vor ihm hat sich unverhofft eine Tür geöffnet und, seine Ängste über Bord werfend, saust er zwischen den Beinen den kleinen Jungen in die Wärme und Helligkeit des Wohnwagens.

"Hallo, armes Kerlchen, bist du immer noch hier? Aber wir müssen jetzt auch fahren!" ruft die Mutter des Jungen.

Beide starren gebannt auf das kleine, schwarze Fellknäuel, das sich nass und vor Kälte zitternd unter dem Tisch verkrochen hat. Flehend schauen seine Augen die Menschen an und aus seinem Fell lösen sich dicke Wassertropfen.

"Oh, Mama, wir dürfen ihn nicht hinauswerfen, schau doch nur, wie er zittert, er wird krank werden da draußen, er hat bestimmt keine Mama mehr wie ich, ich geb ihm ein Stück von dir ab, was meinst du?"

"Ach, Jeremias, das geht nicht, wir fahren doch nächste Woche nach Italien…!"

"Mama, bitte…!?"

Zweifelnd schaut sie auf das Häufchen Elend unter ihrem Tisch. Sie hatte den kleinen Hund die ganze Woche, seit der Circus hier ist, natürlich gesehen und sich über seine Hartnäckigkeit amüsiert. Manchmal hatte sie ihm auch zu fressen gegeben, auch Jeremias hatte ihn gefüttert, aber irgendwie hatte sie gehofft, dass er doch ein Zuhause hätte und auch wieder dorthin zurück kehren würde. Aber jetzt? Mit Grausen denkt sie an die lange Fahrt in den Süden, Grenzübergänge, Tierarztkontrollen, Impfungen, Papiere, nun, sie hat selber zwei Pferde, Platz wäre schon, und vielleicht konnte sie das kleine Kerlchen irgendwie an den Behörden vorbei schmuggeln?

"Mama…?"

Seufzend schaut sie ihren Sohn an.

"Hol mal die kaputte Pferdedecke…!"

Ein Leuchten geht über das Gesicht des Jungen.

"Kann er bleiben?"

"Ja, nun mach schon!"

Sie faltet die Decke und schiebt sie dem Kerlchen unter den Tisch.

"So, wenn du willst, dann komm halt mit uns!"

Mit einem schnellen Zungenschlag leckt der Hund ihr über die Hand, dann trampelt er sich ein Nest und kuschelte sich hinein.

Allerdings entpuppt sich der kleine Stromer als eine Stromerin und da sie in den nächsten Wochen dank Jeremias Pflege ein wunderbar glänzendes Fell bekommt und auch sonst ein zurückhaltendes und artiges Wesen hat, nennt Jeremias sie Lady. Die schwarze Lady muss auch nie ein Halsband tragen, denn sie stromert nie mehr und bleibt immer dicht bei ihren Menschen. Nur wenn ein Abbautag naht, den sie stets mit untrüglichem Gespür erahnt, verkriecht sie sich unter dem Campingtisch, um nur keine Weiterfahrt zu verpassen.

Eine Weihnachtsgeschichte

Wieder sind wir Weihnachten noch unterwegs, können die Winterpause nicht zur Erholung nutzen. Noch zehn Tage, zehn lange Tage müssen wir aushalten, bevor wir ins Winterquartier fahren können. Aber die Freude an der Arbeit, die Circusromantik, mein viel gerühmter Idealismus, alles was meine, unsere, Arbeit erträglich macht, erstarrt in der Kälte dieses erbarmungslosen Winters.

Das Circuszelt steht wie ein Eiszapfen in der klirrenden Dezemberluft, die Abseglungen sind steif gefroren, die Lichterketten hängen still und frierend in der Kälte. Unser Pferdestall steht einsam hinter dem Chapiteau, halb meterhoch liegt gefrorener Schnee um die Campingwagen, um das Stallzelt. Der Weg, den wir heute morgen frei gefegt haben, um ungehindert ins Chapiteau zu gelangen, ist schon wieder zugeweht. Heute war nur eine Vorstellung, um 14 Uhr, denn es ist Heilig Abend. Um elf Uhr wurden die großen Umluftheizungen angeworfen und das Innere des Chapiteaus begann, sich mit wohliger Wärme zu füllen. Wir trafen uns vor den meterhohen Heizungsschläuchen, um wenigstens für eine kurze Zeit die steifen Knochen aufwärmen zu können.

Jetzt ist es zehn Grad minus, ich hab auf das Thermometer geschaut. Doch es fühlt sich an wie zwanzig Grad minus. Die grauen Schneewolken hängen tief über der Stadt, die sich, festlich geschmückt, auf den heiligen Abend vorbereitet. Langsam senkt sich die Dämmerung über uns, über die Stadt und der hektische Verkehrslärm beruhigt sich. Hinter den bald hell erleuchteten Fenstern der angrenzenden Wohnhäuser sehe ich vielerorts Weihnachtsbäume blinken, alle bereiten sich auf diesen Abend vor.

Im Stallzelt ist es eisig kalt. Die Pferde sind in dicke Decken gehüllt. Sultan, unser Pferdeopa, hat zwei Decken bekommen, aber sein langes Winterfell steht trotzdem auf, will sich gegen die Kälte wappnen. Selbst im Inneren des Stallzeltes hängen gefrorene Kondenswassertröpfchen. Die bereit stehenden Wassereimer sind schon mit einer dünnen Eisschicht überzogen, da muss später, wenn die letzte Tränke ansteht, erst mit dem Tauchsieder nachgeholfen werden. Die Pferdenüstern stoßen kleine, weiße Atemwolken in das Dämmerlicht, die Windhunde haben wir wegen der Kälte im Transportwagen gelassen, dort ist es zwar recht beengt, aber wenigstens wärmer als auf dem gefrorenen Stallboden. Hoffentlich geraten sie sich nicht wieder in die Haare, wie letzte Nacht, denke ich, da musste mein Mann schlichten gehen.

Juri, mein Jüngster, ist mit mir in den Stall gekommen, eine Kontrollrunde zu den Pferden gehört immer dazu, egal wie kalt es ist. Er hat ganz spezielle Gedanken zur eisigen Weihnachtskälte:

"Ich wette, in Bethlehem war es nicht so kalt wie heute. Auf den Bildern blühen doch überall Blumen und das Christuskind, das war ja auch nackt, das wäre ja erfroren, wenn es da so kalt gewesen wäre wie hier!"

Ich streichele ihm über seinen strohblonden Kopf.

"Ja, da hast du wohl recht!"

Meine Tochter hat inzwischen schon das Weihnachtsessen vorbereitet und wir setzten uns um den Campingtisch, wenn alle zusammen im Wagen sitzen, ist es doch recht gemütlich und warm. Die Gasheizung bullert gegen die Kälte an und es kommt festliche Stimmung auf. Unser kleiner Plastikweihnachtsbaum steht in der Ecke und lockt mit seinen elektrischen Kerzen, die Geschenke liegen in einem kläglichen Haufen darunter. Lynn und Sonja haben sich alle Mühe gegeben und selbst unter widrigsten Umständen ein leckeres Essen gekocht. Georg, mein Mann, hatte sich hingelegt und taucht nun auch wieder auf, Hunger verkündend. Die beiden Mädchen rutschen auf die Eckbank, Klaus, ein waschechter Ostfriese, meint, die Kälte mache ihm nix aus und seine Frau Anke tadelt ihn dafür. Sie hat ihre kleine Tochter auf dem Schoß und klagt über die nächtliche Kälte im Wohnwagen.

"Wir müssen die Kleine bei uns im Bett haben, sonst geht das ja gar nicht!"

"Meine Bettdecke ist letzte Nacht an der Wand festgefroren!" sagt Sonja.

"Bei mir tropft es die ganze Nacht vom Dachfenster", meint Lynn. "Muss immer einen Eimer drunter stellen, sonst wird mein Teppich ganz feucht!"

"Ja, das kenne ich, die Wagen sind halt nicht winterfest!"

"Wir sollten wieder auf Sizilien sein, da konnten wir um diese Jahreszeit noch baden!"

"Ja, und Sonja ist mit dem Pferd im Meer geritten, weißt du noch?"

Lynn ist Engländerin und an nasses Wetter gewöhnt, aber solche Kälte kennt sie auch nicht.

"Ob wir noch mal nach Italien kommen!"

"Vielleicht im nächsten Winter, kann schon sein!"

"Bei mir zieht es an der Tür hinein, hab da schon ein dickes Kissen hin gestopft."

"Wenn wir wenigstens nachts Strom hätten, dann könnten wir den kleinen Heizlüfter dazuschalten. Aber so, die Gasheizungen schaffen das einfach nicht!"

"Nee, und am nächsten Tag wird erst gegen Mittag wieder eingeschaltet, den ganzen Morgen ohne Strom, asozial ist das!"

Ich stimme ihnen zu, aber kann es leider nicht ändern. Dieser Vertrag ist bindend und wir brauchen die Einnahmen. Solche

Weihnachtsvorstellungen werden besonders gut vergütet, aber in diesem Jahr fällt es auch mir sehr schwer. Na ja, bin ja nicht mehr die Jüngste.

Nach dem Essen werden die Geschenke verteilt, wir gönnen uns noch einige Gläser Glühwein und nach und nach verschwinden alle in ihre eigenen Betten. Pünktlich um Mitternacht geht der Strom aus, das Dröhnen der großen Dieselgeneratoren verstummt und nur noch das Flackern der Kerzen erhellt den Wohnwagen. Auch die Weihnachtsmusik ist verstummt, das einzige Geräusch ist das leise Zischen der Flamme der Gasheizung. Ich möchte am Liebsten voll angezogen ins Bett, entscheide mich aber dann doch anders und schlüpfe schnell in den kalten Schlafanzug. Aber die Wollsocken, die lasse ich an. Georg schläft fast augenblicklich ein und ich genieße die Wärme, die von ihm ausgeht.

Kaum eine halbe Stunde später, ich war gerade weg gedöst, klopft es heftig an unsere Scheibe.

"Hallo, hallo, euer Stallzelt bricht gleich zusammen, es schneit so arg!"

Erschrocken richte ich mich auf und schaue aus dem Fenster. Dicke Schneeflocken tanzen in der kalten Nachtluft, sie fallen so dicht, dass ich kaum das Stallzelt erkennen kann.

Schnell sind wir wieder in die kalten Klamotten geschlüpft und in die klirrende Eiswüste dieser heiligen Nacht hinaus gestürmt. Auch andere Tierleute haben Sorge um ihre Stallzelte, gut zehn Zentimeter Neuschnee liegen auf den Leinwanddächern, da ist schnelles Handeln gefragt. Das Gewicht kann ein fragiles Zelt schnell zum Einsturz bringen.

"Frohe Weihnachten!" ruft uns ein Spaßvogel fröhlich zu.

"Warme Weihnachten wär mir lieber!" murmele ich. Klaus und Lynn sind auch aus den 'Betten gesprungen und gemeinsam versuchen wir, die schwere Schneelast von dem

Zelt zu schütteln. Der Atem stockt mir fast, so eisig ist die Luft, die ich in die Lungen ziehe. Mit langen Stangen versuchen wir, den Schnee vom Zelt zu ziehen, von innen stoßen wir mit der stumpfen Besenseite gegen das Zeltdach, um den fest zusammenklebenden Schnee aufzulockern. Ich stehe mit einer großen Taschenlampe daneben und gebe ein wenig Licht. Die Pferde schnauben unwillig ob dieser nächtlichen Störung.

Am Chapiteau springt der Feuerwehrwagen in Aktion, mit dem starken Strahl wird versucht, die Schneemassen vom Dach zu spritzen. Dann springt auch der Dieselgenerator an und die Umluftheizungen werden gestartet. Ich schlüpfe wieder nach draußen, gerade als das Licht angeht. Da trifft mich eine Schneelawine vom Dach des Stallzeltes im Nacken. Erschrocken springe ich zur Seite und wäre fast auf dem gefrorenen Boden ausgerutscht.

"Geh wieder rein, wir schaffen das hier schon!" bestimmt Georg und mit einem leisen, schlechten Gewissen, aber erleichtert, folge ich. Bevor ich wieder ins Bett krieche, schaue ich bei Juri vorbei, der trotz der ganzen Aufregung nicht aufgewacht ist. Ich decke ihm einen Mantel über sein Federbett, sein Atem steht wie kleine Wölkchen vor seinem friedlichen Kindergesicht.

Aus dem Fenster beobachte ich die Bemühungen meiner Familie, da hört es mit einem Schlag zu schneien auf. Plötzlich sind auch die grauen Schneewolken verschwunden und die Sterne glitzern glasklar und hell am nachtschwarzen Himmel. Schräg über den Masten des Chapiteaus steht die schmale Sichel des Mondes. Auf den gefrorenen Abseglungsseilen liegt zentimeterhoch der Schnee und die Anker tragen alle lustige Russenmützen. Schön sieht das aus.

Doch einschlafen kann ich nicht, ich warte auf Georg. Als er endlich kommt und unter die Decke schlüpft werden auch meine Eisklumpen von Füßen bald warm. Er hält mich fest und flüstert mir ins Ohr:

"Frohe Weihnachten!"

"Ach, ohne dich würde ich heute wohl erfrieren!"

"Bald fahren wir heim nur noch zehn Tage!"

Zehn Tage, denke ich, noch zehn Tage, und morgen haben wir drei Vorstellungen… Doch jetzt wird mir warm und langsam gleite ich in einen traumlosen Schlaf hinüber.

Der letzte Tag

Schon morgens weht ein fiebriges Erwarten über den Platz: Heute ist Saisonschluss! Heute abend, nach der letzten Vorstellung, werden sich die Artisten in alle Winde verstreuen, niemand weiß, wann man sich wiedersieht. Vielleicht schon in zwei Monaten in Frankreich zu einer Weihnachtsgala, vielleicht in der nächsten Saison bei einem anderen Circus, vielleicht erst in etlichen Jahren, vielleicht nie wieder, wer weiß das schon?

Am Elefantenstall springt bullernd die Umluftheizung an, die grauen Riesen sind trotz ihrer angeblich so dicken Haut empfindlich und können die skandinavische Herbstkühle nicht gut vertragen. Bei den Reitpferden wird so eben die Stallplane aufgeschnürt und die zwei jungen Reiter, Steve und Paul, kümmern sich um die erste Fütterung der Tiere. Die beiden Clowns aus Tschechien, sie wohnen in einem winzigen Camping und streiten die meiste Zeit, wenigstens hört es sich so an, sitzen vor ihrem Miniwohnwagen und rauchen in seltener, schweigender Eintracht eine Zigarette. Beim Zwinger der Hundenummer ist Hektik ausgebrochen, die halbwüchsige Tochter öffnet das Nachtlager und die wilde Meute der Königspudel stürmt in das Außengehege. Zwei der Tiere kommen sich dabei in die Quere und flugs ist eine ungestüme Beisserei im Gange. Der Vater des Mädchens, barfuß und im Unterhamd, springt eilig über den zaun und trennt die Kontrahenten. Bei den rumänischen Artisten der Schleuderbrettnummer herrscht noch Ruhe, hier rührt sich vor Mittag niemand. Der junge Messerwerfer aus Brasilien jedoch übt seine Kunst, wie an jedem frühen Morgen, an einem arg zerschlissenen Brett, zwischendurch poliert er seine Messer mit liebevollen gesten und unterhält sich mit seiner hochschwangeren Frau, die vor dem Camping die ersten

Sonnenstrahlen genießt.

Der Tag beginnt wie die letzten 180 Tage dieser zurückliegenden Saison, doch heute liegt spürbare Spannung in der Luft: es ist Saisonschluss!

Traditionsgemäß ist die letzte Vorstellung der Saison immer eine besondere veranstaltung. Die Artisten treten in unüblichen Kostümen auf, die Kapelle spielt Musikstücke, die nicht zur Darbietung passen oder man spielt sich untereinander Streiche. Da werden Wechselschuhe am Boden festgenagelt, Requisiten vertauscht oder auf das Mundstück des Balancierstabes eine Portion Tabasco geschmiert. Äußerst beliebt sind auch Stinkbomben, in den sehr engen Räumen einer Illusionskiste losgelassen, in Ermangelung solcher sind frische Hundehaufen oder angegorene Hühnereier verwendbar, oder Gipseier, die beim Tellerentree der Clowns natürlich nicht kaputt gehen, dafür aber die Teller. In anderen Worten, die letzte Vorstellung ist immer sehr lustig, aber eines ist Gesetz: die Nummer muss korrekt ausgeführt werden, egal wie sehr man selber lachen muss oder wie arg der Tabasco die Mundhöhle traktiert.

Bei Tiernummern war Vorsicht angesagt, Tiere verstehen nun mal keinen Spaß und reagieren unvorhersehbar. Einen schlimmen Unfall hatte es vor einigen Jahren gegeben, als ein Raubtierdompteur selber einen Spaß machen wollte und statt seines üblichen Manegenoutfits in einem antiken Frauenkostüm zu seinen Löwen in den Zentralkäfig trat. Die Tiere reagierten geschockt, erkannten ihn nicht, griffen sofort an und verletzten ihn schwer. Harmlos dagegen waren Späße wie etwa, statt der üblichen Federbüschel, auf den Geschirren der Freiheitspferde Plüschtiere zu befestigen oder dem Pferdedresseur, anstatt seiner Pferde, erstmal eine Meute Hunde oder Hühner in die Manege zu schicken. Die "richtige" Nummer wurde aber immer vorgeführt, früher oder später, und damit das Publikum diese Sachen auch verstand, wurde vor Beginn der Vorstellung darauf hingewiesen.

Steve, Paul und Mara sind mit ihren Pferden nun schon die zweite Saison in diesem Unternehmen. Morgen in aller Frühe müssen sie auf die Fähre nach Travemünde, schon in wenigen tagen beginnt ein neues Engagement in Italien. Doch auch wenn Zeitnot herrscht, die heutige Abendvorstellung wird trotzdem traditionsgemäß mit Spaß und Schabernack bestückt. Bei Ihrer Reiternummer haben sie nicht viele Möglichkeiten, aber sie haben eine sehr lustige Idee gehabt. Ihre drei schwarzen Pferde wollen sie mit Fingerfarben bunt anmalen, so dass sie wie Drachen aussehen. Die ungiftigen und wasserlöslichen Farben haben sie in einem Geschäft in Helsinki gefunden und gleich den ganzen Vorrat aufgekauft. Na ja, die Pferde sind ja auch ziemlich groß.

Nun werden die Farben vorbereitet und gemischt. Iwan, das kleine Teufelchen, bekommt zusätzlich einen Irokesenschnitt in seine üppige Mähne, die grün und orange gefärbt und stachlig aufgerichtet wird. Um seine Augen bekommt er grüne Ringe und die Seiten seines Kopfes werden mit roten Flammen versehen. Fenek, der das Ganze eher gelangweilt betrachtet, bekommt eine feuerrote Blesse verpasst und auf Kruppe und Hinterschenkel malt Mara Zacken und Wellen. Taras scheut erst zurück, er mag den Geruch wohl nicht, obwohl Paul anmerkt:

"Ich riech nix!" und Steve stimmt ihm zu.

"Völlig geruchlos!" bestätigt Mara und meint:"Vielleicht mag er kein Rot, nimm doch Blau!"

Taras schnaubt und macht große Augen, fügt sich aber bald in sein Schicksal und lässt sich auch bunt anmalen. Er bekommt zusätzlich bunte Handabdrücke über Beine und Hals verteilt. Wenn das Ergebnis auch nicht ganz professionell aussieht, viel Spaß haben sie dabei alle Mal gehabt.

Dann ertönt schon die Einlassmusik, schnell werden die Pferde gesattelt und vorbereitet, dann laufen die Drei zum Chapiteau. Die Eröffnungsrede des Herrn Direktor, die dürfen sie sich nicht entgehen lassen, auch hier hatten sie ihre Hände im Spiel.

Hinter dem Vorhang erwartet sie Julio, der Messerwerfer.

"Habt ihr die Klammern?" fragt er aufgeregt und Steve reicht ihm die Wäscheklammern. Dann schleicht Julio sich an den Direktor heran, der in seinem roten Frack hinter dem Vorhang auf seinen Auftritt wartet. Flink klemmt Julio ihm zahlreiche Wäscheklammern und daran angebunden lange Rollen Klopapier an die Frackschöße, als auch schon der Vorhang aufgeht und Herr Direktor, einen langen Schwarm Klopapier hinter sich herziehend, das hell erleuchtete Rund der Manege betritt.

Die "Flying Rodriguez" haben heute alle Frauenkostüme an und Perücken auf, die sich aber im Laufe der fliegenden Tricks als nicht flugtauglich erwweisen. Zwei der Perücken landen im Netz und der Fänger, der kopfüber am Trapez hängt, schmeißt seine Perücke hinterher. Da sehen alle, dass die Mexikaner sich allesamt Glatzen geschnitten haben und ein vielstimmiges Johlen und Klatschen setzt ein.

Dem Jongleur wird eine Gummischlange zwischen seine Requisiten gelegt, so dass er einen Riesenschreck bekommt und laut aufschreit, als er nach seinen Keulen greifen will. Als Julio dann während seiner Nummer anstatt des Wurfbrettes eine Leiter in die Manege gertragen bekommt, an der eine Gummipuppe befestigt ist, die auch noch von vielen Messern aufgespießt ist, schwindet jeglicher Ernst und es wird nur noch gekichert und gelacht.

Bei der Reiternummer bekommt Mara immer wieder einen Lachanfall. Iwan sieht aber auch zu "gefährlich" aus, fast möchte man meinen, aus seinen geblähten Nüsternsprühen tatsächlich Flammen. Beim Galoppieren legt er seine rot gefärbten Ohren flach an und streckt den Hals weit nach vorne. Noch bedrohlicher wirken seine grün umrandeten Augen und alle sind sich einig: Iwan ist ein gelungenes Meisterstück, dagegen sehen Fenek und Taras eher zahm aus.

Beim großen Schlussfinale bedankt sich der Herr Direktor bei allen Artisten für die überstandene Saison und nicht zuletzt für den großartigen Spaß bei dieser letzten Vorstellung. Hinter dem Vorhang werden die letzten Hände geschüttelt, die letzten Abschiedsworte gerufen, die letzten Tränen vergossen. Dann geht jeder seines Weges, verpackt seine Requisiten, baut sein Gerät ab, hängt seinen Camping an und dann ist diese Saison wirklich vorbei.

Paul, Steve und Mara haben den Pferdestall schon abgebaut und die Tiere im Transporter verladen. Ganz früh wollen sie losfahren, um rechtzeitig am Hafen zu sein. Die Transportpapiere sind schon ausgestellt, die Fährtickets gekauft, eine lange Reise liegt vor ihnen. Bei der Ausreise geht auch alles glatt und dann folgen 36 Stunden Überfahrt, quer über die Ostsee bis nach Travemünde.

Nach dem Ausladen des Pferdetransportwagens in Travemünde muss auf den Amtstierarzt gewartet werden, dieser muss die Gesundheit, oder wenigstens die korrekte Anzahl, der Pferde bestätigen, dann erst wird die Durchfahrt durch Deutschland freigegeben.

Der Tierarzt läßt sich Zeit. Als er endlich mit gewichtiger Miene, die Papiere in der Hand, heran kommt, atmen alle auf.

"So, drei Pferde, sind da Hengste dabei?" will er wissen.

Steht doch alles in den Papieren, denkt Paul, aber er antwortet:

"Nein, alles Wallache, drei schwarze Wallache!"

"So, dann lassen Sie mal sehen, ich hab ja nicht den ganzen Abend Zeit!"

Steve öffnet die hintere Klappe des Pferdetransporters und der Tierarzt taumelt, zu Tode erschrocken, rückwärts.

"Ach du heiliger Bimbam, was ist das denn?" schreit er und wäre, hätte Paul ihn nicht festgehalten, über die Kaimauer im Hafenbecken gelandet.

Aus dem Dunkel des Pferdetransporters, nur beleuchtet durch die Hafenlaternen, zucken orangefarbene und grüne Zacken, grünumrandete Augen blicken feurig in den Abend, eine feuerrote Blesse schnuppert die frische Meeresluft. Iwan legt die Ohren an und bleckt die Zähne, Fenek prustet ungeduldig und Taras gähnt gelangweilt.

"Wenn das ein Witz sein soll, dann finde ich ihn nicht lustig!" stottert der leichenblasse Veterinär, stempelt in aller Hast die Transitpapiere ab und gibt Fersengeld. Mara sitzt auf der Kaimauer und kann sich vor Lachen nicht halten.

"Das war sogar noch besser als in der Vorstellung!"

"Einsame Spitze!" bekräftigt Steve.

"So schnell waren wir noch nie durch den Zoll, das müssen wir und merken! Warum haben wir die Farbe eigentlich nicht abgewaschen?"

"Keine Ahnung, aber stell dir vor, wir hätten...dann könnte dieser Tierarzt jetzt nicht rumerzählen, er hätte drei wahrhaftigen Drachenpferden die Durchfahrt durch Deutschland erlaubt!"

Inhaltsverzeichnis

Seite   4 – Es geht wieder los
Seite 19 – Sonntagmorgen in der Tierschau
Seite 28 - Und eines Tages doch...
Seite 36 – Helmut der Fahrzeugmeister
Seite 44 – Hallo Janosch!
Seite 48 – Einlass
Seite 53 – Ein Morgen in der Manege
Seite 59 – Aussteigen verboten
Seite 69 – Der alte Clown
Seite 73 – Ein neues Tier
Seite 80 – Ballerina zu Pferd
Seite 83 – Kinder des Circus
Seite 88 – Friedel
Seite 97 – Nächtliche Jagd
Seite103 - Heinz und seine Pferde
Seite107 – Bärenfänger
Seite113 - Der Vorreisende
Seite123 – Die schwarze Lady
Seite128 – Eine Weihnachtsgeschichte
Seite134 – Der letzte Tag

Notizen

Notizen

Notizen

Notizen